João Guilhoto

Os inúteis

NOTA DO AUTOR

Dois contos deste livro já haviam sido anteriormente publicados. *Foi assim a guerra* apareceu no jornal brasileiro *Rascunho* e *Simónio, um inútil* foi publicado pela revista latino-americana *Philos*. Ambos os textos foram revistos e modificados para a presente edição.

Nada 9
Foi assim a guerra 33
Simónio, um inútil 45
O funeral 53
De certa doença 64
O governo invisível 67

Nada*

[...] o nada não surgira antes da existência,
era uma existência como outra qualquer,
e que aparecera depois de muitas outras.

JEAN-PAUL SARTRE, *A náusea*

1

O seu sonho era ter dinheiro para fazer exatamente o que queria: nada. Mas como não tinha dinheiro era obrigada, por exemplo, a trabalhar. Fechava os olhos e baixava a cabeça quando tinha esse pensamento. Mas depois voltava a levantá-la para poder continuar. Ela tinha de ver. Praticamente, todos os trabalhos precisam de olhos. Se os fechássemos por muito tempo, entraríamos nos pensamentos, o que não convém muito aos patrões. Ela não queria fazer nada, absolutamente coisa nenhuma. Nada: nem trabalhar, nem ler, nem se estender a apanhar sol, nem observar o firmamento ao final do dia, nem se deitar na cama com o seu amante. Nada.

Esse dia não vinha, porque ela não tinha dinheiro, que é importante para não se fazer nada. Mesmo aos ricos é-lhes difícil deixarem de fazer o que têm a fazer, porque se a isso se atreverem, podem vir a perder o dinheiro que um dia lhes possibilitará nada fazerem. Portanto, ela ainda não fazia nada, e estava triste.

---

* Nesta edição, manteve-se a grafia original portuguesa. [N.E.]

Imaginemos onde se situa a génese dessa ideia: talvez o corpo na sua mais íntima interrupção. Parar: assim, não se mexam. Tentem não se distrair com nada, desviem o olhar por breves instantes do texto. Fechem mesmo os olhos. Interrompam os pensamentos. Já está? Não. É uma tarefa difícil: o telefone toca, uma criança berra, um carro acelera. Esse era o sonho dela: não fazer nada. Ela desejava impor esse sonho na sua vida, não apenas para momentos breves. Não sou frívola, dizia sempre. Repetia como se sublinhasse uma frase: não sou frívola, sou uma mulher de princípios.

Poucos seres humanos puderam inclinar a cabeça e tocar com a ponta dos lábios no local desejado, poucos são aqueles que beijaram o seu próprio chão, pensava ela, e eu quero ser uma entre poucos.

Ela imaginava esta hipótese: os seres humanos funcionam como máquinas de esquecimento. Durante o processo evolutivo do indivíduo existe uma transição para a máquina. Começamos humanos e tornamo-nos máquinas, ou então peças de uma gigantesca máquina. Depois os corpos fundem-se e fazem nascer rotinas que se cruzam e descruzam. Dizem-nos para sermos grandes, mas educam-nos para não crescermos nem mais um centímetro. Então a grandeza fica aí, oculta, dentro de um corpo inútil.

Contudo, ela não queria fazer nada. Primeiro, isso revela alguma consciência em relação à profusão de coisas que se têm de fazer. Segundo, é uma atitude louvável por ser corajosa. A coragem é uma forma elegíaca de nos elevarmos, para sermos cantados e ovacionados. Ou então é louca: avançaríamos também com essa hipótese.

Ela tinha um sonho: ter dinheiro para fazer exatamente o que queria: nada. Continuava a tentar. Por vezes dizia: Eu apenas trabalho para um dia não fazer nada. Foi isso que disse quando se apresentou no escritório. O patrão olhou para ela surpreendido: Trabalhar para um dia não fazer nada? Também eu, disse-lhe ele.

O patrão gostava dela, mas dizia que, na verdade, tínhamos de fazer alguma coisa. O tempo passa a correr e temos de amealhar para o futuro. O mundo livra-se de nós aos poucos, dizia ele. Serás levada para o olvido como se nunca tivesses saído de lá. O dinheiro é tudo. Eu amo o dinheiro porque aprendi a reconhecer que é ele a linha do espírito.

O patrão dizia-lhe também muitas vezes para ela nunca deixar de lutar pelos seus sonhos. O teu sonho é elevado. É difícil chegar lá, nunca desistas. Dá tempo ao tempo. Trabalha. Trabalha muito. Um dia ainda chegaremos lá os dois.

Às vezes ela pensava enquanto caminhava na rua: E se todas estas pessoas pudessem fazer o que quisessem? Eu nunca deixarei de fazer o que quero. Estarei disposta a tudo. Mas preciso de dinheiro. Pois é.

Por vezes ela queria parar, mas continuava movendo-se para evitar *ver* as coisas. Sentia a pressão do corpo. Sentia um desejo de se esquivar da multidão. Todos fazem tanta coisa. Todos sentem que têm de fazer qualquer coisa. O que já fizeste hoje? O que vais fazer amanhã? Já tens planos para as férias? E os teus filhos, o que é que eles estão a fazer agora? E a tua mulher, o que é que ela faz, que já me esqueci? Ah, sim? E tu, fazes o quê? Eu? Eu não queria fazer nada. Nada? Não, nada. Mas nada, como assim? Nada, mesmo? Nada, mesmo. Como é que se faz nada? Entre outras coisas, precisas de algum dinheiro, precisas até de bastante. Então? Sim, é o principal obstáculo. Dinheiro. Ah, dinheiro. Se eu o tivesse faria tantas coisas. Eu não faria nada. Nada, mesmo.

2

Os homens provocavam nela por vezes vacilações, mas ela nunca se desviava da sua linha de coerência. Como era uma mulher bonita, queriam fazer coisas com ela. Diziam querer servi-la, querendo servir-se dela. O que queres fazer?, perguntavam. E ela respondia: nada.

No início, calavam-se. Deitavam-se ao lado dela e fitavam o teto. Ela por vezes adormecia, e eles acordavam-na com toques em zonas onde se fazem coisas. Queres fazer?, perguntavam-lhe durante o sono. Ela dizia sempre: não, não quero fazer, podemos tirar a roupa, ou ficar vestidos, mas não façamos nada, nem nos olhemos nem fechemos os olhos, nem digamos nada nem nos calemos, nem nos deitemos nem nos levantemos. E se eu te der dinheiro?, perguntavam alguns homens desesperados. Dinheiro pode ser, respondia. Então eles faziam coisas. Ela tinha um sonho: ter dinheiro para fazer exatamente o que queria: nada.

De quanto precisaremos para fazer nada? Qual é o preço do nada? Ela dizia sempre: é sacrifício. Havia dias em que baixava o rosto e chorava. E se não concretizasse o seu sonho? Tinha ainda outros dias, durante os quais pouco fazia, sentindo aproximar-se do nada. É apenas a espera penosa no corredor da felicidade, pensava. O patrão tem razão quando diz que são precisos sacrifícios. Ele sabe o que diz, porque para fundar a empresa também os fez, e agora a empresa é o seu sacrifício para se aproximar do dinheiro. O sacrifício é uma espiral que nos leva ao nada. Se colocarmos dois espelhos frente a frente observamos essa espiral de nada. O infinito está escondido dentro do reflexo do mundo. Mas como chegar aí sem ter dinheiro, como juntar uma quantia tão avultada para estar lá, sabendo que se está lá? Ela pensava: se é preciso dinheiro para não fazer nada e, se para ter dinheiro é preciso fazer algo, então, para não fazer nada, é preciso ter dinheiro. Isto, para ela, estava claro.

O patrão compreendia-a e sorria quando trocavam impressões. Compreendo-te bem, mulher, compreendo-te muito bem, dizia-lhe. Um dia convidou-a para um copo depois do trabalho. Ela não queria aceitar. Isso implicaria fazer alguma coisa, mas acabou por ir, porque o convite vinha de uma das fontes do dinheiro.

Deixas-me muito curioso, disse-lhe, não há dúvida que trabalhas bem, afincada no assunto, e percebes disto. Um dia vais longe, sabes disso? Mesmo que o nada seja a tua ambição. Quando tinha a tua idade, também dizia que, se pudesse, não faria nada. Compreendes? Queria ser muito independente. Tinha esse sonho, de ser eu. E até cheguei a tremer das pernas, quando coloquei a gravata pela primeira vez. Estava a sair de casa e olhei-me ao espelho e vi-me vestido com este uniforme. Tremi, mas apenas enquanto não comecei a aprender a esquecer-me um pouco de mim. Armazenei os sonhos, para mantê-los fora de vista. Se fracassei, então, é porque tudo é para tarde demais. Quem, sendo assim, não fracassa? O nascimento é apenas um salto antes da queda. Ninguém se torna realmente grande. Por isso até compreendi quando me disseste que não querias fazer nada. Fiquei bastante tempo a pensar nisso. E, sim, também quero o mesmo, posso dizê-lo. Desejo o nada. Por isso pergunto-te: Queres que vá contigo, em busca do nada? Podíamos ir procurar isso juntos.

Ela abanou a cabeça, pois lia nos olhos do patrão um desejo passageiro. Este é um caminho só meu, disse-lhe. Que ele a perdoasse.

3

Dias depois, o chefe demitiu-a, de repente, sem explicações. O seu sonho estava mais distante. Sem dinheiro, como chegar lá? Somos obrigados a inclinar a cabeça para os superiores, dizia a si própria, fingir que gostamos deles, sermos amáveis. Temos de transmitir a submissão necessária, sem exagerar na posição circunspecta do corpo e sem adocicar demasiado as palavras. Quando queremos ser alguma coisa mascaramos, não apenas o corpo, mas sobretudo as palavras com outras palavras. O que se tem de dizer é aquilo que quer ser ouvido, o que não *transtorna*. Um corpo que não muda a forma é um corpo seguro. Ela não era decididamente um corpo seguro, e as suas palavras não estavam adequadas aos ouvidos dos outros. As minhas palavras não convêm. Pois, *convém, convém, convém*. Esta palavra ecoa como uma tristeza. Ouvimo-la tantas vezes que acabamos por nos moldarmos a ela. A conveniência implica a descida. O corpo está preso e curvado. A conveniência implica olhos semicerrados, porque, se os abrirmos muito, as lágrimas podem começar a cair. Elas já estavam ali, à espera de saírem. Pronto, seremos convenientes. Sabes como colocar o corpo a favor dos outros para seres aceite, e para seres bela e majestosa? Sabes como? É simples, muito simples. Deixa apenas de fazer o esforço para seres. Sim, deixa de fazer esse esforço para que te encontres. Mas não vale a pena, não te encontres. No dia em que te encontrares, não vais querer saber dos outros. Talvez isto seja demasiado simplista, talvez. Quando caminhas em direção a casa, não sentes que com esse movimento cíclico regressas ao ponto de partida? Abandona as tuas quimeras, deixa-te de elucubrações, amolece os membros, sim, isso, agora vai, segue, deixa-te cair na corrente, não olhes em frente, olha apenas para onde pões os pés.

O que fazer agora? O que fazer quando não podemos realizar os nossos sonhos? Ela estava afundada numa tristeza grande. Já não a viam na rua. Vê-la-iam em casa deitada, fitando a parede. O dinheiro faltava e a comida também. Ela tinha um sonho: ter dinheiro para fazer exatamente o que queria: nada. Mas precisava de comer. Como não fazer nada e comer ao mesmo tempo? Ela tinha de pensar nisso, não deverá ser impossível. Se tiver dinheiro, pensava ela, posso fazer com que isso aconteça. Eu quero fazer o que quero: nada. Eu quero, eu quero. Mas mais uma vez era obrigada a fazer coisas. Um dia decidiu levantar-se. Quantos dias, teria ela, estado deitada? Não sabe. Talvez muitos.

No dia em que se levantou encontrou-se com um homem que lhe tinha feito uma proposta, um dos seus amantes pontuais. Este era diferente, porque tinha-lhe chegado de uma forma inusitada. Alguém a tinha recomendado. Ela estava com fome e precisava de dinheiro para realizar o seu sonho. Começou a deitar-se com os homens, por dinheiro, para realizar o seu sonho. Quero realizar o meu sonho, quero realizar o meu sonho.

A posição horizontal com que ganhava o seu dia era para ela agora a posição da liberdade. Deitada, o corpo entregue aos outros corpos, homens variados a entrarem nela como queriam, da forma que queriam. E ela deitada a ver a felicidade a crescer, a sentir o peso de corpos no seu. É este o peso da felicidade?, perguntava-se. Talvez seja. Uma coisa era certa, uma coisa concreta que acontecia. O valor do dinheiro que tinha em posse era cada vez maior. Os números não enganam. Acrescenta-se a unidade e o número cresce, assim, na horizontal. Ela só tinha isso na cabeça, o seu sonho, números e o seu sonho, carne, suor, líquido entrando nela todos os dias, e o seu sonho. Sempre o seu sonho, o dinheiro e o seu sonho. Carne, suor, líquido, dinheiro, felicidade.

Tinha um novo emprego e não se apercebia disso. Mas, para ela, essa é uma palavra que pouco lhe interessa: emprego. São preciosismos de linguagem, trejeitos da língua e dos dentes, tiques, manias de dar significados. Para ela, fazem-se coisas para se atingirem outras coisas. Se é emprego ou não, pouco importa, importa, sim, a ação que movimenta a atenção para a realização de algo que visa o nada. Porque era isso que ela almejava: realizar o nada, através de um processo de fazer coisas mais ou menos úteis. Um dia perguntou-lhe um homem: Por que és prostituta? Ela respondeu que não era. Nem sabia o que isso era e pouco lhe interessava saber. Quero-me esquecer de tudo, disse, não quero que me digas coisa nenhuma, não abras a boca, fecha os olhos, não digas, não faças, fecha apenas essas pálpebras e evita falar. Desvia-te de mim, esquece-me, não olhes para mim, olha para o teu caminho, não olhes para o teu caminho se eu estiver à tua frente, aí desvia o olhar. Todas as palavras servem para um dia nos esquecermos delas. Escrevem-se muitas palavras que são esquecidas. É por isso que se escrevem. Se queimassem todos os dicionários, o número de palavras existente reduziria drasticamente. Elitismo, isto de usar palavras, de falar, que mania obtusa dos humanos de falarem. Calem-se. Entra e sai muito ar da boca. Se soubessem utilizar bem as palavras, se fôssemos perfeitos, então elas serviriam, mas a imperfeição humana, seu apanágio, é uma utopia. Tudo é utópico e distópico. Os pensamentos são inalcançáveis pela força do corpo. Enquanto pensamos, movemo-nos demais e sem sair do mesmo lugar. Calem-se então. Utiliza o silêncio que não existe para falar das palavras, para as utilizares. Cala-te.

Ela começou a evitar falar. Não respondia quando lhe perguntavam alguma coisa. Fazia-se de surda e de muda. Não sei falar, pensava, não sei falar, vou deixar de saber falar e de saber ouvir. Depois apercebeu-se que, ao pensar, falava consigo própria, e que continuava a utilizar palavras. Corou. Como deixar de pensar? Quero sentir que não sou eu e continuar a ser eu, à mesma, não pensando, mas sabendo que existo, fazendo nada, sentindo, também não sentindo. Vou fazer esse esforço: não pensar.

Aos poucos foi deixando de pensar, diria ela. Esvaziava-se de tudo o que poderia ocorrer dentro dela, elucubrações diversas, ansiedades, possibilidades, raciocínios de diversos tipos, comparações, associações de ideias, imaginações, alusões, recordações, medos, prevenções, sonhos, desejos.

Lá ia ela, lá estava ela. Quem? Aquilo? Ela? Tens a certeza, é mesmo ela? Não a vejo. Ela não existe, mas está ali. Estranho.

4

Um ser humano caminha por uma rua movimentada e não pode olhar para os pés e para o céu ao mesmo tempo. A cabeça está no centro. Colocamos o olhar numa linha horizontal. Não podemos descer nem subir. Estamos aqui. Tudo se resume a uma forma cíclica de caminhar. Para onde vamos é onde estamos. Lá ia ela a caminhar numa rua movimentada da cidade. Ela parece uma sombra. Talvez ninguém repare nela, embora a vejam. Pelo menos assim misturada, parece que ninguém a vê. A sombra é mais real que o corpo. Deixar de pensar, deixar de falar, deixar de ser, sendo a mesma, deixar de sonhar, mas sonhando em realizar o sonho, sentindo e deixar de sentir: tudo tentativas de concretizar objetivos. O seu sonho era ter dinheiro para fazer exatamente o que queria: nada.

Dinheiro, sim, dinheiro. A conta cada vez mais recheada. Não ia ao cinema, não convivia, comia o essencial, não tinha roupa, nem livros, poucos móveis, uma casa alugada, o nada sempre à sua frente, como uma linha reta perfeita, sem curvas, ou com poucas curvas ainda necessárias, ainda, repetia, ainda. Mas em breve será uma linha perfeita. Tudo perfeito, o nada, em breve.

Continuava a deitar-se com homens por dinheiro, e passou a frequentar o casino. Jogava muito, tudo, perdia e ganhava. E nunca falava. Agarrava nas fichas que jogava com as mãos displicentes, fazendo uma coisa como se não a fizesse. Ela não se deixava ver, escondia-se atrás de si, baixava a cabeça para os segundos passarem. Ela estava ali a jogar, mas não estava. Jogava determinada, mas sem convicção: a convicção é para quem acredita no futuro, para quem tem esperança. Ela só tem uma certeza: ser nada, fazer nada, algo que só se alcança se se tiver muito dinheiro, sim, muito dinheiro.

Um velho reparou nela certo dia. Disse-lhe apenas: és bonita. E não lhe disse mais nada nesse dia. Mas viam-se de vez em quando no casino, onde jogavam, partilhando por vezes a mesma mesa. Num outro dia, disse-lhe: Como te chamas? Depois o velho não voltou a dizer-lhe nada durante algum tempo. Num outro dia falou-lhe outra vez: Por que estás sempre aqui e não falas? Assim, ele ia fazendo as perguntas, às quais ela respondia com desdém. Podemos dizer que nesse momento ele era o único que parecia reparar realmente nela. Os homens que se deitavam com ela não contavam já, eram só homens com necessidades específicas.

Será que ela sabia o que era o nada? Nada é mais absurdo do que tentar compreender o que é o nada. Contentemo-nos com os factos: ela tinha o sonho de ter dinheiro para fazer exatamente o que queria: nada. E não podemos descolar o fator dinheiro do objetivo. Foi exatamente assim que ela explicou ao velho, quando um dia se dignou a responder-lhe. Para se atingir esse fim, que parece inalcançável, ter dinheiro é uma prerrogativa. É inconclusivo discernir sobre esta questão afastando o interesse pelo dinheiro. Porque não interessa aqui discutir se seria possível fazer nada sem dinheiro. Talvez desse certo. Mas no caso dela, essas observações são supérfluas, já sabemos concretamente o que ela almejava, já sabemos o caminho para lá chegar. Não é necessário, então, continuarmos a questionar-nos acerca das alternativas.

E saberia esta mulher sem rosto, sem a delicadeza que se pretende para as mulheres, distinguir, como disse um grande poeta, entre o nada e coisa nenhuma? Quanto a isso, nunca chegaremos a saber.

5

Dois acontecimentos importantes: ela tinha um amigo, e conseguiu finalmente ganhar dinheiro. Em relação à amizade, já lá vamos. É importante, para já, darmos seguimento ao propósito da história, apesar de a amizade ser também algo digno. Mas falemos de dinheiro. Atentem sempre para esse som oculto da palavra, que todos ouvem de perto mesmo que seja lançada de longe: *dinheiro*. Não convém menosprezá-lo, quando estamos a falar da nossa liberdade de movimentos. É certo que pode decepcionar, podemos ser arrastados para um vale profundo onde habitam os corpos subnutridos dos pobres, esperando que uma descarga de água nos inunde as faces. Ela subiu, no entanto. Já está um bocadinho cá em cima.

No casino, saiu-lhe certo dia a sorte grande: muito dinheiro. Então deixou de ir ao casino. Começou a encontrar-se com o velho. No entanto, ela parecia não o ver, parecia-lhe incorreto ter verdadeiras amizades, e sentir-se ligada a um homem, ainda por cima velho, viciado em jogo. Eram apenas amigos, para já, porque ele sempre tinha visto que ela poderia fazê-lo rejubilar de outras formas. Viam-se de vez em quando. Ela quase não falava, nem ouvia. Talvez fizesse de conta que ouvia, e abria os olhos para dar a sensação de que estava atenta, mas um dia deixou de fazer isso e começou a fechar os olhos. Ele falava e ela dormia. Para ele bastava-lhe a presença dela, e vê-la mesmo que não a visse bem.

Uma vez, cansado da obstinação dela, o velho disse-lhe: Nunca me quis compreender pois percebi que era incompreensível. Não vês nisso beleza? Falarmos de nós mesmos como se não nos tivéssemos, como se fôssemos outros, e talvez nunca venhamos a sermos nós mesmos. Sou velho e o peso que sinto ainda é demasiado leve. Não tenho dor de ancião, uma dor que eu pensava que surgisse na minha cabeça, aqui neste ponto preciso, nas têmporas. Mas não. Tudo o que encontrei foi apenas dúvida. Não quer isso dizer que as certezas não andem por aí, sempre as vi, sempre as senti, e achei que fossem belas também, porque é preciso um certo desprezo para conseguirmos fechar os olhos. Ou coragem? Não, a coragem foi a vida que eu levei, sempre de olhos abertos, cabeça erguida, andar deambulante por ruas cheias de pessoas que não se veem. Mas pouco me interessam, já os outros quando falo deles assim com esse tom de desprezo. Bem, falo dos outros que me escapam, daquele véu colorido que cobre o mundo, essa profusão de gente. Estou velho e já não penso em mim, de vez em quando consigo aproximar-me de alguém, como me aproximei de ti. Quererá isto dizer que vejo em ti algo parecido comigo? Mas tu não respondes. Tu nunca falas. Parece que queres desaparecer e ficar aqui ao mesmo tempo. Anseias para que tenhas consciência de ti mesma enquanto não tens? Eu diria que eras louca, se não conhecesse a sanidade. Diria também que eras única, se já não soubesse ver uma individualidade. Mas tu estás aí, quieta, ouves-me, no entanto, e nada dizes, nem pestanejas. Pedes-me por vezes coisas, como alimento, um transporte, uma ação prática. Ainda não desapareceste demasiado, mas por que me continuas a querer ao teu lado? E agora falo apenas pelo prazer de falar, para que me expresse, para que nunca me cale, para que continue a desejar-te sem te tocar. E ainda assim continuo aqui, ao teu lado, sem te tocar, sem me afastar, sem te ignorar, falando. Utilizo a linguagem para me fazer presente e te obrigar a pensar, porque eu sei que tu pensas, mas não o queres mostrar. Como é que mostramos afinal uns aos outros que pensamos? Será que tem a ver com o rosto silente que adotamos, com os olhos fechados? Será que apenas conseguiremos pensar corretamente na escuridão? Não sei, sou velho e não sei. Pensei que chegasse a velho e saberia. Mas não sei, continuo assim, sem nada saber, e querendo saber tudo. Talvez mais valha nada saber, porque assim estaremos certos de que sabemos o suficiente. Como é impreciso o que digo, e injusto tu ouvires tudo isto. Mas digo-te: quando tinha a tua idade, também era obstinado. Que idade tens tu afinal? Menos de trinta certamente. Não quero dar lições de moral. Parece que quanto mais vivi e mais quero viver menos me apetece dar lições de moral. Para dar uma lição é preciso, primeiro, dar algum descanso ao corpo, segundo, deixar que as memórias se encafuem umas nas outras e produzam uma massa à qual chamamos experiência, terceiro, que sejamos um bocadinho cegos, que nos embriaguemos connosco próprios. É possível amarmo-nos, diz-me: é possível? Vou-te contar uma história. Todas as noites antes de adormecer a minha querida e falecida mãe dizia sempre, porque eu ouvia refundido e curioso no meu quarto, que se amava a si própria. Repetia sempre cinco vezes a mesma frase antes de adormecer *Eu amo-me Eu amo-me Eu amo-me Eu amo-me Eu amo-me*. Eu achava que a minha mãe era louca, porque não nos podemos amar assim tanto. Haverá alguém que se amará a si próprio a esse ponto? Mas aí estava o meu erro. Ela não se amava. Ela queria amar-se. Nunca mo disse, nunca confiou muito em mim, chamava-me rufia. Na época, ela pouco me interessava também, mas agora penso, e recordo o momento da sua morte, tranquilamente velha. Lembro-me de a ver voar, desaparecer daqui, lá bem alto, para o Céu, sim, porque a minha mãe está certamente no Céu, onde ela sempre quis estar, assim observando o mundo de cima. Mas isto pouco te interessa, calculo. Sim, pouco te interessa. Não sei. Calar-me-ei. E assim ficarei calado uns tempos até quando me apeteça voltar a falar. Assim, em silêncio, no escuro, e sem te tocar.

6

Transformo-me gradualmente numa sombra, diria ela, e agora, que ela se via com algum dinheiro, depois do golpe de sorte no jogo, tentava apagar-se. Mas ainda lhe faltava realizar outras ações.

A questão principal para ela seria livrar-se das coisas. Para que precisamos nós de um conjunto de cozinha, se podemos ir comer fora, ou pagar para que nos levem a comida à boca? Já há algum tempo que tinha deixado de receber homens, mas convém acrescentar que ela sentia uma certa saudade tímida da pressão na vagina. O velho via-a movimentar-se com aflição na cama, como se a força se concentrasse nesse ponto íntimo do corpo.

Mas ela queria desprover-se de tudo, para atingir o seu mais elevado objetivo: não fazer nada, algo que não contempla auxílios. Existir, mas não ser nada. Quanto aos objetos, estes são importantes para nos lembrarmos do passado, dos outros, do futuro, das necessidades reais, e das inventadas, de outros sonhos, de outras possibilidades. Os objetos obrigam-nos, por exemplo, a optar por movermos o corpo para locais da nossa casa que estão livres. Ao ocuparem o espaço que nos circunda, os objetos vivem e olham-nos, acompanham-nos, envelhecem connosco. O objeto resplandece a memória de acontecimentos. Bem gravado nos torvelinhos em relevo das cómodas, nos ângulos retos dos estiradores, nas cordas enferrujadas de uma viola antiga, o tempo estaca. Nos objetos aloja-se a memória humana que se dilui no tempo. Os objetos são membros que sobressaem de nós e nos obrigam a existir mais. Ela tinha de se livrar deles.

Pediu ao velho para a ajudar a tirar tudo da casa. Disse-lhe que não ficasse com nada, que queimasse tudo o que ela tinha, num descampado qualquer, numa incineradora, num forno de lenha, pouco lhe importava, mas ele que se livrasse de tudo, que fizesse a memória desaparecer desses objetos.

Então ele queimou tudo.

Ela morava numa casa vazia. Ainda restava a casa, restavam os acabamentos, o soalho, os parapeitos, as janelas. Mas também ainda estava lá ela.

Qual é a tua ideia?, perguntou-lhe o velho, há um sentimento oculto por detrás dessa ambição, uma força demolidora de todos os pensamentos. Ainda sentes?

E colocou-lhe uma mão na cabeça.

Então um dia o velho desapareceu. Deixou de a visitar. Ela ficou sozinha dentro daquela casa vazia. Tinha dinheiro, estava desprovida de bens e distrações, de homens, de atenção. Ficou ali, imóvel. Não tinha nada, a não ser a casa, que nem era dela, fechava os olhos, e tentava suprimir-se. Diriam os místicos que tentava transcender-se, ou os médicos que enlouquecia. Mas o que ela de facto fazia era tentar não fazer nada. No entanto, ela tinha conhecimento das suas limitações. Só enquanto dormia é que poderíamos dizer que se aproximava do seu objetivo, mas bastava abrir os olhos depois do sono para começar a preocupar-se. Além disso, ainda lhe faltava, por exemplo, vencer a luta contra a sede e a fome. Resistiu até já não poder mais. No seu limite arrastou-se para a porta e saiu. Comeu e bebeu qualquer coisa e voltou para casa.

Era obrigada também a interromper a sua tentativa de não fazer nada para se deslocar aos aposentos escatológicos. Aí fazia sempre qualquer coisa e isso irritava-a. Estes dois dados importantes das necessidades vitais, ela teria de os interiorizar para levar a cabo o seu projeto. Ela continuava intransigente. Até ao dia em que tinha de pagar a renda, e não pagou. Não porque já não tivesse dinheiro, tinha até muito, mas porque tinha reduzido as ações ao mínimo, principalmente as ações importantes, alocadas ao mundo, em correspondência com a realidade.

Entraram em casa. Era a senhoria. Ela não se levantava. Estava ali, meio adormecida, contorcida de dores, mas aguentando. À sua volta, fluídos inundavam a sala. Ela começara a deixar de se levantar para ir à casa de banho.

A senhoria chamou as autoridades. Envolta em detritos orgânicos, enrolada sobre si mesma, húmida, ela nem suspirava.

Estaria quase morta, pensaram. Levaram-na e ela não tinha forças para protestar. Mas ansiava por se espernear e gesticular, numa última tentativa à qual não podemos escapar quando a natureza nos obriga a sermos assim, de vez em quando, animais que grunhem e sentem necessidades que não se compactuam com certas circunstâncias injustas. Assim tinha sido levada dali.

Contudo, guardada na despensa, estava uma mala agraciada pela sorte de um dia no casino.

7

Para que queres tu o dinheiro?, perguntou-lhe o médico mais tarde, quando ela voltou a acordar. Para que queres tu dinheiro se o recusas e preferes viver na imundície?, continuava o profissional da saúde, não vou dizer mais nada que te possa ofender, porque conheço bem os que assim pensam. Desprezar uma coisa como o dinheiro é algo que para mim é incoerente. Estás a ver este estetoscópio? Sei que o consegues ver, mas isso pouco te diz, talvez por não compreenderes que ele não serve para te auscultar a respiração. Ele é colocado aqui ao pescoço como um colar que me dá garantias, compreendes? Claro que não compreendes, e se calhar só te sou assim tão franco, por saber precisamente que não compreendes nada. Nem falas, estás aí calada, de olhos fechados, mas sei que não dormes. Por que tinhas tanto dinheiro fechado numa mala e ao mesmo tempo vivendo na imundície é coisa que não sabemos. Mas nem tudo conseguimos saber já que o mistério de cada ser humano se mantém assim, vivo, na loucura. Sei, talvez, o que possas sentir, apesar de não saber o que realmente pensas.

O teu estado de espírito é, no entanto, barrado pela consciência cognitiva natural, disso não tens noção também mas digo-te que é verdade. É claro que nunca pensaste certamente em receber este rótulo. Nada há de mais pernicioso do que nos chamarem de loucos. Nem sempre temos razão, eu sei. A loucura é uma forma especial de seguir o caminho rumo ao eterno, disse-me um dia um poeta. No entanto, te digo, porque sei que ouves e sei que não compreendes, ou talvez compreendas, que as nossas regras são demasiado precisas. Contra os estatutos impressos e carimbados de uma sociedade pouco há a fazer para nos fazermos valer dos nossos desvios. Bem, assim, tens o tempo contado. O dinheiro foi-te apreendido. Eles, os das outras instituições, creem que não esteja legal, e como tu não falas, não sabem se sequer é teu. Se precisares de alguma coisa carrega aí nesse botão vermelho. Também não te poderás mexer muito, porque tivemos que te imobilizar, pelo menos para já. Perguntar-te-ás, se a isso fores capaz, por que não preferimos nós matar-te, ou seja, deixar-te morrer. Mas o privilégio de quem é salutar é o de contemplar a loucura. Aludimos a vocês como casos perdidos, mas sentimos por vocês um certo fascínio. Bem, ouves-me? Sentes? Sentes, sim. Alguma coisa deverás sentir para te teres entregado a nadar em merda, para a tua greve de fome, para a tua lassidão. E o dinheiro? Estavas a guardá-lo para uma ocasião solene, ainda por vir?

8

Existem construções edificantes onde o branco predomina. O branco deixa antever muitas coisas, catástrofes, experiências, algo demoníaco. Certos sonhos, como se fossem promessas messiânicas, são transportados pelas mãos simpáticas dos nossos amigos para salas vazias, sem móveis, onde as paredes são quadrados simétricos, sem janela, apenas com uma porta que não dá para lugar nenhum. Chega-se ao sanatório porque não acreditam em nós. Escondem-se assim as ilicitudes dos olhares vulneráveis dos que se aliciam por um poder intrínseco à singularidade. Esses indivíduos, que parecem tocar com os dedos no céu, são tratados com o despeito necessário para que os mantenhamos à margem de tudo o que poderiam fazer com as suas ideias.

Ela está deitada agora. Olhemos para ela, presa. Ainda não saberá ao certo se tem de fazer, o que fazer, para talvez escapar. É difícil neste momento desenvencilhar-se dos tecidos que a acorrentam como grinaldas duras. Somos, assim, levados a crer por meras assunções que ela não tem futuro. Ainda acreditará ela no seu sonho? Digamos que sim. Continuemos a acreditar na sua prece: o seu sonho era ter dinheiro para fazer exatamente o que queria: nada.

Da janela do sanatório ela observava um arranha-céus. Perto desse arranha-céus erguia-se uma igreja. Do local onde ela estava deitada, dava perfeitamente para comparar as alturas de ambos os edifícios com uma grande precisão e via-se claramente como o arranha-céus é mais alto que a igreja. O fascínio pelas alturas é apanágio de quem é bípede. Às catedrais sucedem os arranha-céus como os pontos humanos mais altos de uma cidade. É notável observar a ambição humana pelo progresso do espírito. O espírito é algo que cresce para as alturas. Mudam-se apenas as formas de lá chegar.

O altar é betão. O poder é exatamente o mesmo, mas agora mais impressionante. Cada vez mais alto, sempre a subir. O espírito sobe assim a pique, sem parar, parece não parar.

Como alcançar o céu, quando estamos deitados? Ela estava ali, deitada, observando a paisagem urbana, o arranha--céus mais alto que a igreja. Assim, deitada, talvez uma das posições de não fazer nada.

Ficou dias, imóvel, presa, observando essa subtileza da metrópole: o arranha-céus mais alto do que a igreja. Um dia o médico disse-lhe: Como vais? Como te sentes? Não me vais responder, não é? Nem me olha, fecha assim os olhos. Pensa que não te vi fechares-me os olhos? Um dia poderemos dar-te de volta a liberdade. Sim, porque nós podemos atribuir liberdade. Sabes o que é a liberdade? Olha, tenho novidades. O dinheiro que foi encontrado em tua casa é dado como teu. Não sei quem foi em tua defesa, mas dizem que um velho, que não te ficou com nada, vê lá. O dinheiro é *teu*. No entanto, temos de financiar a estadia aqui... Não me dizes nada? Não tens reação? O dinheiro já foi entregue à instituição. Estás a ver? Estamos mais abastados por tua causa, por uma causa nobre. E que me dizes agora, queres sair um bocado, ver a rua, observar os outros residentes? Talvez conversar com eles? Não sei, não queres fazer nada? Apetece-te ficar assim, deitada? O teu silêncio... já sei. Então até breve.

9

Enquanto pensamos, mexemos o corpo, mas não se vê. Ela: tudo isto se resume a ela. Pensamentos são desilusões do espírito, talvez ela pudesse dizer.

Acordou e lembrou-se do que tinha sonhado. Sonhou com uma árvore. Era uma árvore grande, que se sobrepunha a todas as outras: sou eu essa árvore: não penso, vivo e morro absolutamente neutra. Mesmo o castanho infeliz que vocês veem quando é Outono, ou quando morro, não é infeliz, apenas a vossa infelicidade em mim. Mas ela achava que sonhar era incoerente, era uma ação realizada sem ação, um inimigo do nada. Então ela queria dormir o menos possível, queria sono sem sonhos.

Ela está ali, deitada na cama do sanatório. E continuou esperando o nada, sempre nada, mais uma vez o nada, e o dinheiro que já tem, e que por sorte lhe caiu na carteira. E ela, assim, agora, deitada, sem se levantar, sem fazer nada, ambicionando deixar de pensar, para abraçar o nada constante.

Será que um dia irá parar, será que um dia irá viver como uma árvore, sabendo que existe, mas sem pensar nisso, sem fazer nada para isso, vivendo, e um dia morrer, porque se morre, e nada seremos sempre, mesmo que tenhamos de nos ausentar? Mas isso ela não quer, tem as suas exigências.

Há que ser nada sendo, diria.

10

Chegaram e alguém lhe disse que o último dia dela ali se aproximava: Os médicos superiores, aqueles que mandam e analisaram o teu caso, acham que o teu estado clínico já não é grave o suficiente para te manterem aqui assim, todos os dias a olhar pela janela. Este sanatório não é nenhum miradouro. Este sanatório serve para que os teus olhos vejam as coisas ao nível da terra. E agora, claro que não te vamos deixar sem nada, tens as tuas economias e poderás viver numa das casas de habitação social que te será atribuída. Terás de te apresentar todas as semanas para sessões de emprego, onde te poderás mostrar, a ti e aos teus talentos. E não dizes nada? Não fazes nada? Não te mexes? Não olhas para mim? Sabes quem fala ao menos? Sabes quem é que eu sou? Tens de ir. E esta voz que te fala não é a voz de Deus, que te obriga a caminhar sobre a terra. Hoje é a tua última noite e amanhã um funcionário mostrar-te-á o teu novo espaço onde irás morar. Receberás também, uma vez por semana, a visita de um médico do nosso instituto. O teu tempo aqui terminou.

Ela foi para a sua casa nova em silêncio. O seu sonho era ter dinheiro para fazer exatamente o que queria: nada. O que não se pode querer, o que não se tem — dinheiro —, o que não sabemos o que é — nada.

O momento mais importante de todos estava a chegar. A morte? Também esse sim, sempre, mas não para já. Logo no primeiro dia em que chegou à sua nova casa dirigiu-se à cozinha, decidida. Agarrou numa faca e saiu para a rua. Era de noite.

Sentou-se num banco de jardim, debaixo da lua. Ninguém mais estava na rua, no centro daquele bairro silencioso. Apenas ela e a faca. Começou pelos ouvidos, por uma questão de pertinência. Depois passou para os olhos. Não quero ver o meu próprio sangue, teria pensado. Gritava: finalmente, gritava! Agora o nariz. A mão esquerda, oh a mão esquerda, e a direita? Como fez a direita? Usou o peso do corpo, colocando a faca entre dois paralelos, que às apalpadelas, descobriu no passeio. Mas ficou mal amanhada, como também a mão esquerda. Gritava. A mão direita ainda funcionava: cortou a língua. A dor. A salvação. A vida. A morte. Ela.

Quem a encontrou primeiro foi um grupo de jovens embriagados. Assustados, inebriados, perplexos, bateram-lhe. Espancaram-na. E ela gritava sem língua, e eles enfurecidos: como se se vingassem de algo. Horas mais tarde chegou um carro luminoso, que ela já não via.

E depois um dia novamente deitada dentro de uma sala branca.

E o arranha-céus novamente ali
maior que a igreja.

Foi assim a guerra

A guerra é mãe e rainha de todas as coisas;
alguns transforma em deuses, outros, em homens;
de alguns faz escravos, de outros, homens livres.
HERÁCLITO

Nada melhor que uma guerra para animar o meu espírito. As minhas dores mais ocultas começaram logo a extinguir-se quando a guerra era ainda *apenas* uma declaração. Líamos nos jornais sobre esses homens a caminho, escondidos atrás de uniformes e armaduras. Mas eu sentia-me bem, *demasiado* bem.

Eu olhava à minha volta. Ali estava a cidade, as pessoas: eu tinha voltado a aprender a ver. E o que é que eu via? Via que, na antecipação daquela guerra inevitável, os corpos tinham adotado novos movimentos e novas posições. A velocidade nos gestos parecia-me exata, adequada. Seria a guerra, seria eu? Não, parecia-me mesmo haver mais simpatia nos rostos, mais pensamento nos gestos, mais modéstia nas palavras. Reparei, por exemplo, que os meus vizinhos do lado aproveitaram para fazer uma limpeza geral à casa. E depois de vários anos evitando-me, convidaram-me pela primeira vez para jantar. Eu via medo nos seus rostos, mas havia importância no que me diziam, no que me mostravam. Não havia dúvidas: tanto neles como em todas as outras pessoas com quem me ia cruzando nesses dias após a declaração de guerra, as conversas pareciam-me mais densas. Os sentimentos passaram a ser partilhados de uma forma menos equívoca. Os tímidos libertavam-se. Parecia-me até que as pessoas que se tinham recusado a abandonar o país já não caminhavam, mas marchavam. Todas as atividades mais insignificantes assemelhavam-se a um treino militar: o escovar dos dentes, um aperto de mão, o abrir de uma porta. E aqueles que fugiram para o estrangeiro foram rapidamente esquecidos, como se tivessem sido as primeiras baixas.

A guerra foi para mim uma declaração de sanidade.

— Você está curado, homem — anunciou o meu terapeuta —, vejo-o finalmente menos obcecado consigo próprio, menos cabisbaixo, mais empático com o que o rodeia. Só um conflito geopolítico para o fazer melhorar assim.

Antes da declaração de guerra, dizer que eu era um ser humano teria sido um exagero. Eu só via o abismo à frente de cada passo que dava. E tudo por causa da minha resposta ao tédio. Mas eu não sofria apenas de um aborrecimento profundo, mas sim de uma espécie *shellshock* do tédio, depois de anos debatendo-me com dias repetitivos e previsíveis. No escritório tinha deixado de ser homem há muito tempo: os meus dedos e os meus olhos pareciam comandados por uma grande máquina invisível. Os dias perdiam-se para sempre no vórtice da eternidade. Passavam-se meses sem um único acontecimento assinalável. Mesmo aquele curso de dança, as aulas de japonês, as corridas na marginal, atividades relegadas para depois do trabalho, pareciam ser realizadas com a esperança de preencherem essa falha. Acabavam, no entanto, por se esquecer: faziam também parte do mesmo mecanismo ininterrupto dos dias. Todas as ações eram, no mínimo, pequenas inclinações necrófilas. Nada era digno de registo. Era assim que eu, antes da guerra, categorizava todos os acontecimentos: os que eram dignos de registo e os que não eram dignos de registo. Praticamente nenhum o era. Mas estas atividades regulares não eram suficientes. Eu tentava também distrair-me de uma forma menos regulada e mais inconsciente. Lia livros compulsivamente e ia a concertos de jazz. Mas era apenas com as substâncias de alteração de consciência que eu conseguia realmente esquecer-me de mim durante alguns instantes. Bebida, alucinogénios, comprimidos: adormecimentos que traziam consigo um despertar tenebroso. Além disso, eu seduzia. Mas a minha aproximação ao sexo oposto repetia-se através de um esforço na tentativa de esconder a solidão. Não eram as mulheres que me aborreciam, mas os próprios movimentos a caminho delas, em cima delas. Seduzia para me poder afastar.

A fase da desistência aproximava-se e a saída do mundo, que me parecia lógica, partiria da minha própria força. Não iria ficar à espera.

No dia em que saí pela última vez do consultório do meu terapeuta, enquanto caminhava para casa, sentia-me leve, a um passo de conseguir voar, tivesse eu asas. Já não invejava os pássaros, como antes, animais felizes, criadores de ninhos e exploradores de nuvens.

Entrei no meu pequeno apartamento e pus-me a olhar para os meus objetos. A guerra aproximava-se. Para que precisava eu de tudo aquilo? Nesse mesmo instante, decidi que todos os objetos importantes, aqueles que tencionava salvar, deveriam caber apenas numa mala. Só os objetos do dia a dia seriam mantidos em casa: utensílios de cozinha, carpetes, cadeiras, cama, ou ainda, excepcionalmente, o sistema de som. Enquanto pudesse permanecer em casa parecia-me incoerente não poder ouvir música.

Fiquei muito tempo a olhar para a minha biblioteca. A minha leveza súbita era incompatível com todos aqueles livros. Esperavam-lhe, achava eu, uma destruição inevitável. Nessa mesma noite comecei a copiar as passagens importantes de algumas das obras que me marcaram para um dossiê. Esse trabalho ocupou-me durante várias noites. Depois levei os livros para a rua e deixei-os na berma do passeio. Apesar de algumas pessoas os terem recolhido, grande parte dos livros ficaram na rua ainda várias semanas, e começaram a desaparecer com os primeiros dias de chuva e mais tarde com os primeiros bombardeamentos. É certo que um livro pesa um número bem exato de gramas, mas ao livrar-me deles, e ao condensar as passagens que mais me marcaram num dossiê, confirmei o que antes pressentira: eu andava a carregar o peso da presença dos livros na minha biblioteca aos ombros há vários anos. Talvez eu tivesse querido comparar-me à superioridade dos livros, que pareciam ter estado ali como um membro do corpo do qual só nos lembramos quando começa a doer.

Abri o dossiê, por fim terminado, e tudo me pareceu de repente tão claro. Afinal, não eram as passagens que escolhi salvar o mais importante, mas sim o eco deixado pelo tempo passado com certo livro agora desaparecido. As passagens confirmavam apenas as ligações estabelecidas: eram mapas, ou um enorme mapa do meu passado com os livros.

Quando terminei a limpeza, sentei-me no chão da minha sala. Teria alguma vez feito isto — sentar-me assim simplesmente no chão? Fiquei a ouvir o silêncio no prédio. Estariam já todos à espera? Então pus-me a observar, pela primeira vez atento, esse espaço onde eu ficava todos os dias, esse espaço ao qual chamava de *casa*. Despejada, a minha casa tinha ficado de repente sem passado e eu reaparecia nesse novo vazio.

Levantei-me e saí à rua. Sentia-me, arrisco mesmo a afirmá-lo, feliz. Decidi não voltar mais ao trabalho no escritório e telefonei ao meu irmão, que vivia no estrangeiro, depois de três anos sem nos comunicarmos. Ele mostrou-se preocupado. Disse-me que onde eu estava era perigoso e que, se eu quisesse, poderia ir para casa dele, no estrangeiro, onde, segundo ele, estaríamos em segurança. Existia um quarto lá em casa reservado para mim. A casa era grande, ele disse. Respondi-lhe que não, mas ele insistiu. Então eu expliquei: estou bem aqui, sinto-me bem e estou feliz. E depois de um longo silêncio e de um adeus sentido, da sua parte apenas como se ele se despedisse de mim para sempre, desligámos o telefone.

Caminhei para um pequeno parque perto de minha casa. Aí sentei-me num banco. Muitas pessoas passavam apressadas. Todos pareciam ter algo a perder com esta guerra. Tinham sido pessoas felizes, pensei eu. Como é possível, que desta vida tão aborrecida, tantas pessoas pudessem andar felizes? Mas agora ali estavam elas correndo, chorando, desesperadas e assustadas. Eu, sentado no banco do jardim, acendi um cigarro. Tinha reservado um maço de cigarros que tinha prometido fumar com uma amiga mais velha. Guardei aquele maço muitos anos. Depois ela morreu, e os cigarros ficaram por fumar. Aquela era a ocasião propícia. Por isso, fumei um cigarro, pensando na minha amiga. E, pela primeira vez depois da sua morte, sorri ao pensar nela.

Nesse momento, uma mulher sentou-se num outro banco à minha frente. Chorava. Estaria chamando a minha atenção para a sua tristeza? Talvez, caso me tivesse visto tão calmo, no meio daquela azáfama, fumando um cigarro. As pessoas continuavam a passar. Algumas viam a mulher a chorar, mas ignoravam-na. Que importa afinal um ser humano que chora, quando a morte coletiva, sem precedentes, sem lógica, sem seleção se aproxima? Ela chorava, talvez pensando nisso. Decidi aproximar-me. Imediatamente vi naquela tristeza uma excitação, uma possibilidade.

– Posso perguntar-lhe por que chora, menina?

Levantou o seu rosto – era bonita e nova. Estava arrasada pelo choro, mas pelo menos tinha uma razão nobre para dar uso à beleza. Respondeu-me que o marido fora destacado e combatia na linha da frente. Sentia-se desesperada: sozinha numa casa enorme, ali no centro da cidade, numa zona que seria certamente um dos primeiros alvos dos bombardeamentos. De repente, lançou-se para os meus braços, chorando. Achei aquele gesto exagerado e nunca esperei que se lançasse de uma forma tão repentina, eu apenas um estranho e ainda por cima tão mal vestido e barbudo. Convidei-a para dar uma volta pelo parque. Caminhámos primeiro em silêncio, ela de mão no meu braço. Eu estava calmo. Sentia-me feliz. Há quanto tempo uma mulher não me tocava assim? Depois ela perguntou-me, quando descíamos para o lado do rio: você não tem medo?

Fiquei em silêncio. Mas ela insistiu: não tem medo desta guerra que se aproxima?

Respondi-lhe que eram tempos de redenção. Ela parecia confusa, mas a sua mão continuava no meu braço. Convidei-a para jantar em minha casa e, mais tarde, nessa noite deitou-se comigo.

Esteve em minha casa algum tempo, mas de dia para dia o meu otimismo e o vazio onde se encontrava pareciam ser-lhe cada vez mais insuportáveis. Ficou até ao dia em que os bombardeamentos começaram.

Quando se deu a primeira explosão eu estava dentro dela. E essa surpresa, que foi a primeira bomba, tão esperada, deu-me ainda mais motivação para não interromper o que fazia. Ela também não pareceu muito incomodada, pelo menos parecia que queria terminar aquela tarefa do corpo, antes de começar a ter medo.

Quando os corpos abrandaram, eu vi que ela chorava. Ao mesmo tempo que se vestia, disse que tínhamos de sair: dentro de casa é perigoso. Mas eu disse que não, tinha esperado muito tempo por aquele momento e queria ficar em minha casa a desfrutá-lo. A feição no seu olhar era clara: vaticinava-me loucura. Então surpreendeu-me quando anunciou que iria sozinha. Não me movi. Estava ainda deitado na cama sem qualquer peça de roupa no corpo, contrastando com ela completamente vestida e pronta para sair. E foi a última vez que vi aquele rosto tenso.

Durante os dias em que os bombardeamentos duraram eu sentava-me na minha poltrona em frente à janela à espera. Parecia-me que os ataques aconteciam sobretudo depois do pôr-do-sol, como se fosse uma ação relegada para depois do jantar. Os aviões inimigos só sobrevoavam a cidade depois de todos terem comido bem e brindarem a uma noite de sucessos. Os soldados estariam sentados a uma mesa comprida de madeira, já de capacetes colocados, todos discutindo as trivialidades da guerra, acertando os últimos detalhes, e segurando nos talheres para cortar um naco de bife. Depois metiam-se nos aviões e vinham lançar-nos as bombas.

Foi uma semana de chuva de fogo. Eu ficava a ouvir, e por vezes a ver, as bombas a cair na cidade. Muitas delas caíam bem perto. Por entre os bombardeamentos e as sirenes eu costumava ligar o meu sistema de som e dançar. Às vezes, durante o dia, punha-me à escuta nas escadas. Estaria ainda alguém no prédio? Parecia que todos já se tinham ido embora. E à noite, assim que me deitava, e mesmo que por vezes rodeado de estrondos, entrava imediatamente num sono profundo, tranquilo. Acordava motivado, com energia, saboreando o rasto da impressão exercida pelos sonhos da noite anterior. Raramente me lembrava do que sonhava, mas sabia que tinha sido algo *bom*, *feliz*.

No último dia dessa semana estava a ficar sem comida. Tinha finalmente de sair de casa. Tomei um banho e fiz a mala com todos os objetos importantes, incluindo o dossiê com as passagens transcritas dos livros. Nunca se sabe quando é a última vez que voltamos. Saí e fiz o percurso todo até ao fim da minha rua e não vi ninguém. Vários edifícios estavam destruídos. Havia buracos no chão e vários objetos espalhados, entre toalhas, papéis de vários tipos, restos de mobília, entre outras coisas que teriam sido projetadas ou abandonadas, incluindo partes dos meus antigos livros. Não vi cadáveres. No fundo da minha rua, onde existia um supermercado, vi as primeiras pessoas. Quando me viram acenaram imediatamente. Tinham uma cruz vermelha marcada nos braços. Depois olharam-me de cima a baixo, eu lavado, de andar exuberante — sentia-me bem —, com uma mala de viagem. Perguntei qual era a situação da guerra nesse momento. Um jovem respondeu-me:

— Estamos cercados, senhor. Aproximam-se por terra. Estamos a fazer os possíveis para resistir. Pelo menos para morrermos menos. Muitos estão encurralados nas vielas da cidade. Alguns poucos conseguiram escapar — e gesticulando para um local de repouso improvável, acrescentou —, acabámos de enterrar ali os últimos corpos que encontrámos do bombardeamento de ontem à noite, está a ver, no jardim. Esta região da cidade foi particularmente afligida. Se desejar, pode juntar-se a nós e contribuir para a nossa resistência.

— Só vim mesmo à procura de comida e depois quero voltar para casa — respondi, apontando para o supermercado.

— Estão a distribuir algumas reservas lá dentro. Em casa tem lá os seus familiares?

— Não. Estou sozinho.

Sozinho: de repente senti que os olhos daquele jovem se fixavam em mim. Pareciam estar à espera que eu lhes mostrasse o meu pessimismo, a minha tristeza. Mas eu sorria. Era preciso uma guerra para eu voltar a sorrir. Durante os dias aborrecidos dos tempos de paz cruzamo-nos com pessoas que poderiam ser pontos de interesse, novas aventuras, mas ignoramo-nos por prudência, por sensibilidade. Os outros estão ali tão perto quando, por exemplo, nos sentamos numa carruagem de metro e sentimos o destino dessa pessoa cruzar-se com o nosso. E de repente esse jovem, que possivelmente me teria ignorado se me tivesse conhecido em circunstâncias pacíficas, olhava-me dessa forma tão intensa.

Quando entrei no supermercado vi muitas das prateleiras vazias. Como isto, há uns dias, teria sido impossível: a imagem de um supermercado com as prateleiras vazias.

Recebi algumas latas de atum e bolachas que um grupo de pessoas distribuía e saí para a rua.

Antes de voltar para casa, fui dar uma volta pela cidade. Parecia que caminhava por um espaço novo, como se as ruínas, esses avisos violentos, fossem esculturas da humanidade em tempos de queda. Chegará o dia em que essa queda será irreversível, quando o ser humano passará a ser ele próprio uma ruína e quando o que um dia construímos se tornará o último sinal da nossa destruição. Seremos uma imagem às portas do infinito.

Sentei-me em cima de um pedaço de betão e abri a minha mala. Comecei a folhear o dossiê. Todas aquelas palavras escritas eram as mais importantes, porque eu tinha-as ali, nas minhas mãos. Imaginei-me então que transportava a mensagem para um novo futuro.

Depois continuei a caminhar por várias ruas que antes teria reconhecido imediatamente e que agora eram apenas lugares novos. Alguns edifícios ainda estavam intactos, mas neste seu novo contexto, pareciam novidades. Não passassem as pessoas, com as quais eu me ia cruzando, tão tristes, ter-me-ia até sentido como um turista. Todos me lançavam um olhar que eu nunca tinha visto, como se a humanidade pudesse, por vezes, inventar novos olhares. Vi pessoas à porta de casas, outras descansando sobre algum escombro.

Quando estava quase a chegar a casa, um homem, de mão dada com uma criança, aproximou-se. Perguntou-me se eu tinha comida. Ele e a criança estavam de olhos fixos na minha mala. Eu disse que sim. Retirei do saco de plástico um pacote de bolachas e uma lata de atum. Depois disse-lhes onde eles podiam obter mais comida. Mas o homem apontou para a esquina de um edifício e disse:

— A minha mulher está ali, com uma perna partida. Será que você sabe de algum lugar para onde podemos levá-la e onde nós os dois pudéssemos descansar? Temos estado na rua o tempo todo. Ficámos sem casa. Não ouviu que as tropas estão a caminho da cidade por terra?

A minha casa ficava a poucos metros de distância. Em silêncio, aproximei-me da mulher e pedi ao homem para me ajudar a levantá-la.

— Moro aqui perto. Vamos levá-la para lá.

Por cada passo na direção do meu prédio, a mulher, transportada por nós, agradecia. Foi preciso pedir-lhe para que ela se calasse. Deitámo-la na minha cama. O homem depois disse:

— Não sei como agradecer-lhe, senhor. Você disse que estão a dar comida no supermercado ao fundo da rua? Eu vou lá agora e levo o meu filho. Uma criança é a maior garantia de que se recebe alguma coisa. Fique de olho na minha mulher, por favor, enquanto estamos fora.

Mas não iriam conseguir voltar. Quando saíram, virei-me para a mulher, estendida na minha cama:

— Quer ouvir música?

— Há tanto tempo que não ouço.

Liguei o meu sistema de som e pus-me a dançar. Dançava comigo próprio, fitando a mulher desconhecida nos olhos. De repente, vi nela a minha velha amiga de outros tempos. No entanto, foi nesse momento que ouvi, vindo da rua, um rumor de carros aproximando-se. Depois o bater de portas e vozes de comando numa língua estrangeira. A mulher, apesar da perna engessada, levantou-se, apoiando-se apenas com um pé. Foi até à janela e começou a chorar. Mas eu ainda dançava nesse momento e virei-me para ela sorrindo. Sem parar de dançar, disse-lhe que estava tudo bem, que eles já voltavam. Mas ela deixou-se cair no chão, chorava. Eu continuava dançando. Ela arrastou-se até à porta, ajoelhou-se e abriu-a. Parecia querer sair, mas ao mesmo tempo dava a sensação de que sabia que, se saísse, lançaria-se no abismo.

Com a porta aberta para o átrio era possível ouvir claramente que os soldados tinham entrado no prédio. Sem parar de dançar, levantei-a e encostei-a a mim. Ela chorava, mas deixou-se pegar. Disse-lhe para se apoiar bem com a única perna que ela poderia mover e para se deixar arrastar por mim.

Talvez guiados pela música que ecoava por todo o prédio eles subiram as escadas até ao meu apartamento. Foram os canos das armas que se deixaram ver primeiro. Observei-os de esguelha sem parar de dançar. Eu sabia que já não valia a pena parar. Lá fora disparavam-se tiros. Depois os soldados entraram na minha casa e encostaram-se à parede. Durante alguns minutos ficaram a ver-nos dançar. Ela continuava a chorar, mas deixava-se guiar por mim, apoiada apenas numa perna.

Um dos soldados apontou-nos a arma. Não falou. Oscilava o cano ora na minha direção ora na dela. Por um momento pareceu-me que ela queria desistir, mas eu continuei a segurá-la e a embalá-la na dança. Depois o soldado baixou a arma e juntou-se aos outros que o acompanhavam, e que nos observavam encostados à parede. Por fim, voltaram para a porta e saíram.

Lá fora os disparos cessavam, mas a dança continuou mesmo já dentro do silêncio.

Foi assim a guerra. Meses mais tarde anunciaram o cessar fogo. Se tínhamos perdido? Não sei bem. Mas os tempos de paz estavam para voltar.

Simónio, um inútil

Nada te vai acontecer em contrariedade com os
princípios do universo.
MARCO AURÉLIO, *Meditações*

Simónio era inútil. Sempre fora conhecido por essa palavra na pequena vila onde nascera e morava: inútil. Outros diziam: incapaz, desnecessário. Ou ainda: infrutífero, improfícuo, parasita. Chamavam-lhe muitas vezes à atenção: faz qualquer coisa, Simónio, faz-te útil. Mas Simónio não respondia e, envergonhado, baixava a cabeça e não dizia nada.

Quando era adolescente e se olhava no espelho, Simónio costumava murmurar para si mesmo: inútil, é isso que sou. Passava as mãos pelo corpo, tocava no seu cabelo e nos seus lábios, e repetia: *sou inútil*.

Tinha desistido cedo da escola e não tinha qualificações nem competências para uma profissão. Anos mais tarde, já adulto, amadureceu na sua inutilidade.

Com mais de trinta anos, Simónio ainda vivia em casa dos pais. Davam-lhe de comer, carinho, educação nos momentos necessários, local para dormir. Amavam-no talvez como quem ama um animal de estimação.

O pai, especialmente, sentia um grande orgulho pelo filho. Ele via no nascimento um fatalismo do destino. Todos devemos seguir a nossa natureza e orgulharmo-nos dela, dizia ao filho, não podes ter três braços e duas cabeças; podes imaginá-lo, *sonhá-lo*, mas é um objetivo impossível. Se és inútil estás interdito de fazer parte das coisas úteis, não procures encaixar-te nessa lógica. És inútil e orgulha-te disso.

No entanto, até a sonhar Simónio era inútil. Um dia adoeceu por ter feito demasiada força para tentar sonhar. Teve de ser internado, mas depois de algumas horas no hospital foi enviado de regresso para casa. O médico disse que ele não tinha talento para ser doente. Então é demasiado saudável, doutor?, perguntaram os pais. O médico respondeu que também não era muito saudável. Manter-se-ia num caminho sem especial inclinação. Os pais ficaram felizes porque o seu filho tinha recebido uma prescrição para continuar na mesma. Desde então, Simónio deixara de tentar sonhar.

Simónio realizava por vezes grandes caminhadas ao ar livre num jardim em frente à sua casa. As pessoas cumprimentavam-no. Sabiam quem ele era. Toda a gente naquela pequena vila, onde Simónio nascera e vivia, falavam dele como o inútil da vila. Ali vai o inútil, diziam, vejam como ele anda, nem jeito para andar tem, vejam o seu rosto disforme, nem tem talento para a beleza, vejam o modo desajeitado com que coloca as mãos nos bolsos numa tentativa de se normalizar. Simónio caminhava consciente de todas essas observações. Toda a sua vida tinha-as escutado. À partida poderíamos pensar que esses comentários eram sentidos de forma pejorativa, mas Simónio, agora na idade adulta, já não os ouvia dessa forma. Aliás, eram comentários apenas evidentes da sua natureza e por isso ele por vezes até sorria, embora com um esgar de tal forma desastrado que os outros não reparavam que ele sorria. Como as pessoas achavam que com os seus comentários o rebaixavam cada vez mais, continuavam a insistir em chamá-lo de inútil. Quando a pequena vila recebia visitantes, os munícipes diziam que eles tinham de se cruzar com o Simónio, de ver bem a sua inutilidade.

Então, quando os visitantes o observavam na rua, durante esses seus passeios, riam-se dele, por reconhecerem imediatamente no seu semblante essa caraterística. O que de facto a generalidade das pessoas parecia pensar, para além do raciocínio jocoso que provinha da visão de Simónio, e também da ideia do que dele viam, que era essa que já sabemos, a de que ele era inútil, contrapunham ainda, apesar de não o dizerem a ninguém, a inutilidade de Simónio com o papel que eles ocupavam no mundo, já que todos se achavam úteis e tinham a *sorte* de poderem ocupar um lugar coerente em vida. Essa coerência era como a força originária de uma felicidade espelhada numa única imagem do mundo, a imagem deles mesmos num único retrato. Ou seja, Simónio não fazia parte desse mundo.

Os pais de Simónio receberam um dia a visita de um psicólogo que, sabendo da condição do Simónio, os tentara convencer a fazer com que a inutilidade do filho pudesse servir para alguma coisa. A ideia do psicólogo era a seguinte: havia no infantário para crianças com deficiência mental, onde ele também trabalhava, falta de ideias para tornar o dia dessas crianças original e divertido. O que poderíamos fazer, propôs ele, seria vestir o Simónio de branco, apenas com uns calções e uma camisola e colocá-lo no meio da sala para que os nossos alunos o possam pintar. Simónio e os pais aceitaram. Ele apenas teria de estar ali, quieto à espera que o pintassem. As crianças pareceram entusiasmadas com a ideia. Entraram na sala onde o Simónio estava sentado, com o seu corpo desajeitado e viram-no de branco, como que imaculado, no centro da sala fitando a porta onde as crianças, assim que entraram, pararam para observá-lo. Simónio não proferiu uma única palavra. As crianças entraram calmamente, algumas exprimiam sons de espanto, ou sorriam, outras avançavam com receio. De marcador ou pincel na mão, avançavam para o alvo a um ritmo comedido. Mas quando chegaram perto dele, nenhum deles *conseguiu* pintá-lo. Pararam e observaram-no durante vários minutos, como se de repente não soubessem o que fazer. O psicólogo gritou-lhes da soleira da porta: É como da última vez, quando pintaram o esquizofrénico! Mas eles não se mexiam. Havia algo em Simónio que lhes impedia de se moverem. O psicólogo aproximou-se das crianças e deu a cada uma delas uma palmadinha nas costas, sorrindo. Os alunos pousaram os lápis, os marcadores e os pincéis, outros começaram simplesmente a pintar o chão e as paredes.

Apesar do fracasso, Simónio parecia imbuído com essa esperança proporcionada pelo psicólogo: a de querer pôr à prova a sua inutilidade. Foi o próprio, até, que organizou, um dia, as seguintes diligências. Acordou de madrugada e dirigiu-se para a praça central da pequena vila. Despiu todas as suas roupas e deitou-se na relva. Quando amanheceu os munícipes, que passavam pela praça viram, e torciam os seus rostos de indignação, mas ninguém se aproximou. Minutos mais tarde, a polícia apareceu no local. Dois agentes levaram Simónio para a esquadra. Na sala de interrogatório, chamaram-no de inútil e libertaram-no nesse mesmo dia. Simónio estava feliz, mas isso não era suficiente. Ele precisava de mais, de provar que poderia ser o melhor inútil do mundo.

Um acontecimento veio interromper a sua ambição. Dias mais tarde, Simónio entrava em casa depois de um passeio e deparou-se com o seu pai, deitado na sua cama, de olhos abertos, fitando o teto. Quando viu o corpo do pai, Simónio não se apercebeu que ele estava morto. Voltou para a sala e sentou-se numa poltrona fitando talvez o vazio. Quando mais tarde a mãe, os vizinhos e alguns familiares rodeavam o corpo do pai, Simónio foi chamado e disseram-lhe que o pai estava morto. Ele sentia vontade de chorar, mas limitou-se a sentar-se na cama tocando levemente nos pés do pai. Simónio fez força para as lágrimas saírem. Depois levou as mãos aos olhos, que estavam secos. Por fim refugiou-se na casa--de-banho e autoflagelou-se com murros na sua própria cara. Mas nem assim. Tentou gritar, mas saiu um riso desajeitado.

No dia do enterro do pai, que tanto se orgulhara dele, Simónio nada disse, nada fez, deixou que mãos alheias tratassem de tudo, que despissem o corpo, o voltassem a vestir, que o pusessem no caixão, que fechassem o caixão e que o levassem para o cemitério, que tapassem a campa, que levassem as flores, que segurassem no braço da sua mãe chorosa.

Tinha quarenta anos quando certo dia Simónio voltava do seu passeio e encontrou a sua tia sentada à mesa da cozinha. A mãe de Simónio estava com ela, e chorava. Assim que ele entrou, lançaram-lhe um olhar penetrante e frio. A mãe achava que seria boa ideia, tanto para si mesma como para o filho, que este partisse para a casa da tia na capital.

Simónio nunca tinha vivido noutro lugar, por isso a mudança para uma cidade grande não foi fácil. No entanto, com o tempo, reparou que num ambiente urbano é difícil saber com exatidão quem é e quem não é inútil. Existe um espaço específico para se poder ser inútil sem dar nas vistas. Enquanto na sua pequena vila olhavam para ele apenas como um miserável, na cidade seria preciso aproximarem-se mais para o verem como ele era, como se na cidade estar atento fosse uma atividade realizada por certos privilegiados, talvez por um poeta ou um pintor. Por outro lado, a cidade é um local de consolidação do esquecimento. Quando, na sua pequena vila, as pessoas pareciam mais próximas umas das outras, esse calor humano transformava-se também em repulsa. Na cidade, por outro lado, era a repulsa que surgia primeiro. Por isso, na cidade, se queremos ser reconhecidos pelos nossos dons, somos obrigados a lutar contra esse inimigo feroz, que é o vácuo dos que não reparam.

A inutilidade de Simónio era agora na cidade não tão visível e isso tornava-o mais ambicioso para assumir-se inútil. Como ele sentia que na cidade a sua inutilidade não era evidente, isso parecia fazer com que ali todos, mesmos os úteis, parecessem inúteis. Depois de algum tempo na cidade, por causa da sua inutilidade para a realização de alguma atividade concreta, descobriu que podia realizar longas viagens de metro, entrando numa estação qualquer, e fazer a linha toda até à estação terminal e depois voltar para trás. Passava tardes assim, sem que ninguém reparasse nele. Esse embalo do metro, para a frente e para trás, ao longo de uma rota pré-definida, parecia apaziguá-lo.

Simónio passava praticamente o dia todo nas estações de metro. Ele pensava que, um dia, essa oscilação eterna das carruagens ainda iria fazê-lo sonhar. No entanto, continuou exatamente na mesma.

Uma outra caraterística da cidade era o facto de ter ouvido falar de outros, seus semelhantes. Ao que parecia, havia muitos outros inúteis habitando aqueles curtos quilómetros quadrados de edifícios, avenidas, jardins e túneis, outros seres humanos tão dispensáveis e desnecessários quanto

Simónio. Apesar de algum receio, ele fantasiava – se assim nos podemos referir a qualquer ação sua, mesmo não visível como são as do pensamento – encontrar-se com algum deles.

Um dia perguntou à tia se conhecia mais inúteis no bairro. Ela respondeu que tinha ouvido falar que a irmã de uma amiga era também inútil. Simónio ficou calado à frente da tia, mas esta compreendeu que o sobrinho gostaria de conhecer a inútil. Prometeu, por isso, tentar organizar um encontro.

Dias mais tarde, a tia dirigiu-se à casa da mulher inútil. Tocou à campainha. Quando a inútil abriu a porta, a tia de Simónio explicou-lhe que o sobrinho gostava de se encontrar com ela. Talvez a inútil também tivesse interesse, só que ela não respondia. Parecia cravada nas palavras impossíveis daquela mulher desconhecida. A tia repetiu: "Gostaria de se encontrar com o meu sobrinho, também ele inútil?". Então, de repente, um braço puxou a inútil para dentro de casa. Era a sua irmã. "Que sentido faz dois inúteis se conhecerem?", disse ela à tia do Simónio. "De que haveriam de falar? Ela está parada ali como se não estivesse. Olha bem para ela. É de uma incoerência desconcertante. Tem uma boa tarde."

A tia do Simónio voltou para casa. Aproximou-se do sobrinho. Ia falar-lhe, mas às primeiras palavras mudou de ideias. Simónio compreendeu. Teria de se conformar em apenas se cruzar com os outros inúteis da cidade, talvez a trocarem um olhar vago, ou até a tocar desajeitadamente nos braços uns dos outros.

Sem avisar a tia, Simónio saiu um dia de casa para não mais regressar.

Abandonou a cidade caminhando através dos campos. Ao terceiro dia a fome e o cansaço apoderaram-se dele. Deitou-se sobre a erva e deixou-se dormir. Acordou durante a noite, debaixo de um céu estrelado. Nunca tinha visto um céu tão estrelado como vira naquela noite. O seu corpo fraco vogava por entre pontos de luz que pareciam observá-lo. À sua volta a natureza indiferente rumorejava através da dança do vento nas ramagens. A relva refrescava-lhe o corpo. Sentia-se preso a si mesmo, embora livre. No meio das árvores, observando os astros, sobre a relva, a sua inutilidade parecia absoluta. Tudo o que um dia viveu, ou pensou ter vivido, desaparecera naquele momento. Simónio deixou-se estar deitado. E apesar da fome e do cansaço, esboçou um sorriso que jamais alguém vira.

Então, conta-se que um dia, muitos anos mais tarde, sobre esse metro quadrado onde Simónio ficara, nasceu um pequeno arbusto.

O funeral

Substituir o corpo pelo espírito é um autêntico tropo — e, ao participar numa refeição funerária de um amigo, saborear a cada dentada a sua carne e, a cada trago, o seu sangue, por um esforço ousado e transcendente de fantasia.

NOVALIS

1

O Rufus morria. Depois de doze anos. Ainda me lembro da perfeição do seu último arfo deitado ao meu colo. Eu sabia: mesmo provocada por uma eventualidade externa, era mais do que inevitável que a separação chegasse. Por isso, para me dar forças, minutos depois do momento fatal, pousei o seu corpo no chão, e fui até ao escritório, onde li aquela carta de Séneca a Lucílio, na qual o filósofo romano repreende as lágrimas de um pai choroso quando perde o seu filho. A coragem seria então aceitar de consciência plena as leis da Natureza. Incapaz, fechei o livro para concentrar-me nas lágrimas.

Foram doze anos felizes. Entre mim e o Rufus tinha existido uma relação *natural*: eu comandava, ele obedecia. Mas não com o intuito de o manipular, comandava-o porque o meu papel era esse, e o dele obedecer.

Rufus acordava-me de manhã, trazia-me os sapatos e, por vezes, parecia pressentir a chegada das minhas tristezas e dúvidas antes de mim, através de uma forma *nervosa* de me lamber as mãos. Eu trabalhava em casa, fechado várias horas no escritório, e o Rufus respeitava as minhas rotinas.

A sua ocupação era esperar, paciente, à porta do escritório. Pontualmente, à hora do passeio, ele raspava na porta. Rufus gostava também de se sentar aos meus pés ao fim do dia, quando eu tinha por hábito escutar as peças de órgão de Bach, que ele ouvia com toda a atenção, como se pudesse compreender a música. Ou talvez compreendesse.

Agora, o corpo dele permanecia ali, imóvel e silencioso. Um simples saco de carne. Pensei enterrá-lo no jardim e mandar fazer uma lápide de pedra onde ficariam gravados o seu nome e as datas da sua vida, mas imaginá-lo debaixo de terra, comido por vermes, enojava-me. Também não podia deixá-lo deteriorando-se na minha sala. O cheiro seria intolerável e a imagem do seu corpo, outrora peludo e forte, diminuindo de dia para dia, seria triste de ver. Eu queria dignificar a sua morte: tinha que ser um ritual que tivesse que ver com a minha continuação sobre a terra e com a memória do Rufus, para que o resto dos meus dias, já por si miseráveis (como eu os antevia), pudesse ganhar substância moral, para que eu próprio aprendesse a respeitar a passagem breve da vida. Outra das soluções seria queimá-lo, e ao mesmo tempo contemplar o espetáculo da sua transformação em cinzas. Mas eu não queria que o Rufus se transformasse numa peça de cerâmica que eu colocaria por cima da lareira. Então, a solução mais coerente surgiu-me depois de me ter recordado do que uma vez li nas *Meditações* de Marco Aurélio.

A primeira coisa que fiz foi tirar-lhe o pelo. Em seguida, coloquei o Rufus na banca da cozinha apenas em pele. Cortei-o aos bocados e pus os pedaços num alguidar marinado com vinho branco, limão e alho. Deixei-o assim durante a noite. No dia seguinte de manhã, pensei no que poderia servir de acompanhamento. Como ia levá-lo ao forno, decidi juntar-lhe batatas, cebola, pimento e tomate. Ao fim de uma hora ficou pronto. Pensei em abrir uma garrafa do melhor vinho que tinha, mas limitei-me a servir um jarro de sangue.

Não devemos considerar apenas a multitude de corpos sepultados... Quando levei a primeira garfada com o Rufus à boca, senti que realizava algo coerente para com a natureza, *...mas também o número de animais comidos todos os dias por nós e outras criaturas – uma enorme quantidade consumida e, de certa forma, sepultada dentro dos corpos que os comem.* Parecia-me que certos segredos tinham-me sido mostrados em mensagens indecifráveis. *E, ainda assim, há espaço para eles, porque são reduzidos a sangue e transformados em elementos de ar e fogo.* Enquanto comia o Rufus, conseguia ver nitidamente algumas imagens: mastigava-o vendo-o saltando à minha frente, mastigava-o sentindo o seu calor durante a noite, mastigava-o sentindo o seu peso fiel quando se atirava a mim no jardim para brincar, mastigava-o recordando-me das suas lambidelas nas minhas mãos quando me sentia triste.

Rufus passou a fazer parte de mim. Eu fui a sua sepultura. A memória do meu melhor amigo não é simplesmente uma abstração. Não foram precisos sacerdotes ou cangalheiros, cruzes ou réquiens, palavras de reconforto, abraços e beijos. O funeral ocorreu dentro de minha casa, na minha cozinha, em cima da minha mesa, dentro do meu corpo.

2

Nem sempre os desígnios do amor e da fé se coadunam com os do corpo. Depois do funeral, que durou dois dias, senti-me indisposto, talvez por tê-lo comido todo seguido, durante esses dois dias, a todas as refeições. O que restava dele, exceto os ossos que guardei numa caixa, corria no meu sangue. Não pude, todavia, não ir ao hospital. As dores de barriga eram insuportáveis. Reparei também que as dores de ter enterrado o Rufus dentro de mim eram agora mais fortes que as dores de o ter perdido. O meu corpo enviava-me sinais indiferentes aos afetos. Foi esse também o tipo de resposta que me deram no hospital quando fui forçado a dizer ao médico de que tinha comido o Rufus.

Rufus?, perguntou ele.

O meu cão, respondi.

Você comeu o seu cão?

Expliquei-lhe que não tinha encontrado forma mais digna de lhe oferecer um funeral. Para o médico, no entanto, quando um ser muito próximo morre tem de se o fazer desaparecer, o mais rápido possível. Os cadáveres de quem amamos são intoleráveis por nos recordarem deles da pior forma possível: as suas mortes são também as nossas. Talvez tudo teria sido diferente se o Rufus tivesse sido uma vaca ou uma galinha, um porco, ou até um cavalo, e mesmo uma cobra, ou um rato.

Você tem de o expulsar, disse-me ele.

Eu quero que ele fique dentro de mim.

Você tem de o expulsar, seja por qual extremidade do seu corpo, mas vai fazê-lo.

Enviaram-me para a casa-de-banho. Forçaram-me a sentar-me. Por fim, dediquei-me àquela tarefa tão natural, mas naquele momento nunca tão penosa. Quando desviei o olhar a sobra dos seus restos mortais processados, apercebi-me de que eram muito menos do que eu esperava. A maior parte do Rufus corria ainda no meu sangue e por lá ficaria.

Por fim curado, e depois de anunciada a minha alta, o médico que me tratou anunciou-me a visita de um outro médico com o qual eu *deveria* conversar. Eu já tinha notado a condescendência com que me tratavam desde que anunciei ter comido o Rufus para poder justificar aquela dor no corpo (caso contrário não o teria feito). Fui então aconselhado, por questões de responsabilidade social (como me foi dito), a começar sessões de terapia psiquiátrica.

Fizeram-me ver que, caso eu não comparecesse, alguém me procuraria. Soube depois que todos os dados relativos à minha vida estavam a ser analisados pela polícia civil. Comer um cão era, soube-o então, um ato quase equiparado ao canibalismo. Eu era tratado como um suspeito e, por isso, queriam manter-me debaixo de olho.

Porque fez isso?, perguntou o terapeuta.
Por amor?
Comer quem ama, acha isso *normal*?
É um funeral.
Comeria uma pessoa?
Eu comi um cão, o meu cão, o Rufus.
E uma pessoa?
Se a amasse tanto, mas nunca amei alguém assim.
Alguém.
Um cão. O meu.
Fale-me do que é para si então o amor.

Sensação fundamental. Faz avançar sem o medo comum. Obstrói as dúvidas e solidifica a água. Indica a salvação, corpo que se mistura no nosso. Alma suave que entra. E entrou.
Pela boca.
Da memória.
E também saiu, certo?
Uma parte. Apenas a parte menos importante, necessária.
Sente-se bem, tem dores?
Estou doente.
Parece, sim.
Tristeza.
Ou mais do que isso.
Mais?
Talvez.

Comecei a faltar às sessões de terapia. Eu não sentia que fazia progressos. Eu perguntava-me por que davam tanta importância ao funeral do Rufus.

Certo dia, recebi uma carta. O médico enviava-me um relatório no qual estava escrito que o meu tratamento iria ser longo. Ele ponderava medicar-me, caso eu continuasse a faltar.

A minha resignação e confiança em relação ao meu estado de saúde não era partilhado pela classe médica que, tendo informado a polícia da minha *potencialidade para a insanidade*, me obrigaram, dessa vez com um mandato do juiz, a comparecer às sessões de terapia. Eu não queria ter problemas com a justiça. Tudo o que eu queria, depois da morte de Rufus, era continuar com a minha vida. Até o Rufus ter morrido, durante os doze anos em que eu e ele fomos felizes, não tive qualquer contacto com o mundo, exceto pequenas interações de necessidade e alguns encontros esporádicos com amigos de longa data ou através de correspondência com colegas de trabalho. No entanto, por causa das minhas sessões de terapia fui forçado a regressar ao mundo das pessoas. A minha obrigação para com os médicos aborrecia-me. Não me conseguia concentrar no meu trabalho se de repente me recordava das horas de terapia, durante as quais me faziam sempre as mesmas perguntas e me olhavam com os mesmos olhos condescendentes. No entanto, o processo acelerou-se e tomou um caminho inesperado.

Uma fuga de informação, negada pelo meu médico e pelo responsável do meu processo na polícia, embora o meu caso fosse conhecido no hospital onde fui recebido depois da cólica, fez surgir na imprensa, num tabloide, diga-se, um artigo cujo título era: Homem Come Seu Próprio Cão. O artigo contava a história de uma pessoa, não identificada, que depois do falecimento do seu cão, o tinha comido como forma de homenagem. A história foi crescendo e, mais tarde, até os vizinhos do meu bairro já sabiam que era eu aquela pessoa "que tinha comido o cão". Outros artigos foram surgindo na imprensa, como continuação da novela. Um dos meus vizinhos tinha até sido entrevistado, descrevendo-me como um homem silencioso e misterioso. E esse silêncio, pareciam os jornais dizer, é *perigoso*, até porque fui solicitado inúmeras vezes para entrevistas e a todas recusei.

Um dia, recebi a visita do meu senhorio e de um responsável autárquico, acompanhados por um agente de autoridade, que me fizeram saber que os moradores do bairro me queriam fora dali. Aleguei que expulsar-me de casa era ilegal. Dias mais tarde recebi a visita da polícia que se fez apresentar com um atestado médico, assinado pelo meu psiquiatra, no qual estavam descritos, pormenorizando detalhes desconhecidos por mim, de todos os aspectos relativos à minha condição mental. O juiz declarou que eu deveria ir viver para o hospício da cidade.

3

A primeira semana no hospício poderia ter corrido pior não fosse a memória de Rufus me ter dado força. Eu sentia-o dentro de mim. Não convivi com ninguém, obedeci a todos os procedimentos. Todos os meus movimentos eram vigiados.

Vários dias depois de ter sido internado decidi fugir. Mas, no segundo dia em fuga, encontraram-me. Levaram-me de volta para o hospício, onde me colocaram numa sala especial para os pacientes considerados perigosos. A minha tentativa de fuga inseria-me nesse grupo. Aprendi que existe uma espécie de cadastro da loucura.

Tinham passado vários meses desde o primeiro dia em que tinha chegado ao hospício, e a única pessoa com quem tinha feito amizade foi com uma mulher que dizia que tinha um dia tentado fazer nada com força e tinha terminado ali.

Tentei fazer nada com muita força e dizem que enlouqueci, mas eu sei que não estou louca, dizia ela.

Eu disse-lhe que tinha comido o Rufus e que por isso estava ali. Rufus?, perguntou ela. O meu cão, respondi. Então ela sorriu e abraçou-me.

De repente, eu fazia parte daquele mundo da loucura. Eu estava *ali*. Mesmo assim, pensava: há algo de profundo nesta forma interdita de ser louco.

A ideia de colocar um fim à minha própria vida passou a dominar-me. Eu e a mulher que não queria fazer nada conversávamos por vezes horas seguidas sobre as melhores formas de o fazer. Alguns métodos faziam-nos rir. Afinal, era aquele o nosso mundo, um mundo dominado pelos extremos. Falar abertamente de suicídio não era uma aberração. Haveria uma outra forma de lidar com a minha situação? A única solução parecia-me ser esta: sair da vida. Séneca defendia também essa ideia nas suas cartas e ter o aval desse grande filósofo conferia segurança à minha decisão.

Eu passava todas as noites, quando me fechavam na minha cela, elaborando planos de como o fazer. Depois na manhã seguinte discutia-os com a minha amiga.

Mas, antes disso, tenho de cumprir o objetivo de não fazer nada, os nossos sonhos são difíceis de realizar, mas eu chegarei lá, estou presa, eu sei, mas vou esperar pelo dia em que o nada chegará até mim sem eu ter de fazer nada, eu vejo uma imagem bem nítida do vazio, todos os dias essa imagem dá-me força.

Tentei imaginar o que poderia então ser isto: uma imagem nítida do vazio.

Então, hoje à noite, tudo parece estar a ponto de mudar. Eu estava fechado na minha cela, pensando em mais uma outra forma de terminar a minha vida, embora as hipóteses fossem escasseando. Afinal, para a elaboração da nossa própria morte são precisos instrumentos. Ninguém consegue sair da vida sustendo a respiração. A ideia sobre a qual eu refletia hoje à noite consistia na ingestão de mais de cinco litros de água seguidos. Tentei fazê-lo no pequeno lavatório da cela, mas não consegui.

De repente ouvi barulhos de pessoas a correr pelos corredores. Espreitei pela janela e um homem vestido de branco corria na direção do parque. Devia ser um dos funcionários. Contudo, ele inverteu o sentido da sua corrida de novo para as imediações do edifício. Eu ouvia os seus gritos, mas não percebi imediatamente o que se passava. De repente a escuridão do parque à minha frente foi-se gravando de silhuetas que se moviam rapidamente e em silêncio na direção do edifício. Não percebi bem que poderiam ser todos aqueles seres que se aproximavam do hospício, mas foi certamente isso que afastara o enfermeiro a correr no sentido oposto.

Foi então que ouvi ao longe um uivo.

Dentro do edifício ouvi mais passos correndo. Um enfermeiro abriu a minha cela e pediu para se esconder lá dentro, mas, no momento em que ele o fez, eu imobilizei-o e corri pelos corredores do hospício à procura da minha amiga. Ouviam-se também pancadas fortes na porta principal do hospício.

De repente alguém gritou: não abram a porta!

Os funcionários do hospício tinham perdido o controlo dos pacientes. Alguns saltavam pelas janelas, outros, como eu, corriam pelos corredores. Foi então que a vi. Ela aproximava-se do átrio principal e fez sinal para que eu a seguisse.

Vou fugir esta noite, disse-me ela, abre a porta.

Quando abri a porta, eles entraram rapidamente e em silêncio no hospício. Funcionários e pacientes colocavam-se em cima das mesas, ou onde conseguiam, para se protegerem dos animais, embora esses não tenham feito qualquer tentativa de atacar alguém. Depois assentaram o seu pelo em redor do átrio principal.

Fez-se silêncio e eu imaginei que esse tipo de ausência de som deve ser o que se experimenta no túmulo, se o pudéssemos ouvir. Retirei algumas folhas de papel e uma caneta da recepção e sentei-me a escrever esta história.

Vou levantar-me agora depois de ter começado este testemunho, e dá-lo à amiga do sonho em não fazer nada. Vou desejar-lhe boa sorte na realização do seu sonho. Agora tenho de me despedir. Os cães vieram salvar-me e estão à minha espera.

De certa doença

K. tem os olhos vermelhos. Depois de um longo período de sofrimento, os pais já compreendem: sentado para sempre, com os seus olhos vermelhos e à luz do ecrã à sua frente.

— A partir do momento em que a doença não tem solução, sou obrigada a aceitar e a esconder as minhas lágrimas — disse-me a mãe.

O pai ficou o tempo todo no seu escritório, recusando-se a falar comigo sobre a doença do filho. Não insisti. Compreendi que a sua dor deveria ser também grande. Talvez maior.

Vi os olhos de K. refletidos num espelho colocado à sua frente, quando entrei no quarto. Depois sentei-me atrás dele. Ocupar um lugar à sua frente, ou até ao seu lado, teria sido difícil. Perpetuado no canto do quarto entre duas paredes, o ecrã iluminava-lhe o rosto: os olhos vermelhos, a face pálida, despenteado, e um movimento repetitivo com o dedo indicador. Mexia o dedo sempre com a mesma intensidade, pressionando apenas a tecla ESC. Essa ação fazia o lustre digital à sua frente piscar de dois em dois segundos. Como me tinha sentado atrás dele, recebia também essa luz intermitente no meu rosto.

Antes da visita, que veio a propósito de um artigo que teria de escrever para o jornal, tinha recolhido uma série de informações importantes sobre essa doença, que tem vindo a contagiar um número cada vez maior de pessoas.

Começa com uma ligeira resignação. O enfermo recusa-se a sair da frente do ecrã, no qual realiza algumas tarefas de ordem social e lúdica. Nos primeiros dias, a vítima ainda é capaz de proferir algumas palavras, de se levantar, de comer, o organismo ainda corresponde aos processos naturais para os quais foi dotado. Depois é a digestão o primeiro sistema orgânico infligido. O doente começa a perder o apetite, embora não perca a força, ou uma certa resistência. É quando os ácidos começam a corroer as paredes do estômago que o dedo indicador inicia o seu movimento cíclico pressionando sempre a mesma tecla.

Análises a vários doentes providenciaram algumas conclusões acerca da tecla escolhida por cada doente (vamos acreditar que existe uma escolha, mesmo que dissimulada inconscientemente), já que cada um deles realiza essa ação em teclas diferentes, apesar de as teclas mais comuns serem o ENTER, o SHIFT, o ESC e o DEL. Os psicólogos envolvidos no estudo da doença tentaram encontrar significados para a opção de cada doente por uma tecla específica, e o porquê, na grande maioria dos casos, por uma tecla de função. Não existem registos, por exemplo, de um doente com incidência em qualquer tecla alfanumérica ou de símbolo, com exceção dos Fs, já que foi registado o caso de uma paciente que pressionava o F3. Depois a esse movimento cíclico sobre a tecla surge um brilho intermitente no ecrã. O único sintoma que diferencia os doentes uns dos outros é a tecla pressionada.

Os olhos prendem-se ao brilho intermitente. Deixam de pestanejar e de produzir lágrimas. Alguns especialistas acreditam que os doentes acabam por cegar, no entanto essa teoria é refutada por outros especialistas que afirmam que mesmo que não sejam capazes de ver como qualquer um de nós, os enfermos veem a luz. Isso parece ter sido provado depois de alguns testes realizados, um dos quais recorrendo ao K.

Os pais, desesperados por verem o seu filho curado, sacrificaram-no à ciência. Mas o que aconteceu quando desligaram o ecrã surpreendeu os cientistas: o corpo de K., rígido, estabelecendo essa ligação com o ecrã e a tecla pressionada, caiu imediatamente sem sentidos. Os médicos concluíram que ele acabaria por morrer se não fosse novamente ligado ao ecrã e à tecla. Assim que o brilho regressou, o seu corpo respondeu ao estímulo da luz imediatamente. Voltou ao seu ciclo.

Estes doentes não precisam de comida, de dormir, nem de realizar qualquer tipo de atividade escatológica. O filósofo Franz G. Palm chegou até a questionar se será esta condição mesmo uma doença: "Essa passividade esconde uma disposição superior que é observada por essa inconsciente resignação. Talvez estejamos perante uma nova forma de espírito", escreveu Palm.

Observei K. durante algum tempo. Tinha sido sugerido pelos médicos a não lhe tocar, mas repousei uma mão sobre o seu ombro. K. não se mexeu, mas o meu corpo foi invadido por uma onda de calor. Fechei os olhos e ouvi o eco de um grito dentro de mim. Durante semanas ouvi esse grito em sonhos. Agora esqueci. Depois perdi o apetite. Escrevi este texto antes de começar a esquecer.

O governo invisível

Nós estamos ligados mais proximamente ao
invisível do que ao visível.
(*Republicanos místicos.*)
NOVALIS

As alterações políticas narradas neste relato sucederam-se depois de uma ida às urnas. Foi uma jornada fatídica. Os sapatos que todos calçámos naquela manhã carregavam, sobretudo, o peso da nossa ignorância. E lá fomos, motivados pelo ímpeto da prática desse direito ocasional.

Até esse dia os políticos ainda tinham um rosto. Os políticos eram imagens reconhecíveis, não apenas identificáveis apenas *metafisicamente* como passou a acontecer mais tarde.

O resultado das eleições deu origem ao seguinte quadro político: o partido de centro-direita tinha saído vencedor sem maioria, e conseguira derrubar o partido de centro-esquerda, que tinha estado no governo. Mas para além dos partidos *habituais*, essas eleições foram marcadas pelo crescimento de dois novos partidos: um de extrema-esquerda e outro de extrema-direita, ambos alcançando resultados históricos, com sensivelmente 40% dos votos (19% para o primeiro, 21% para o segundo).

Apesar das divergências ideológicas — no momento de confrontação com a possibilidade de poder, a ideologia parece perder o seu privilégio pois, como se sabe, é preciso guiar os Homens —, os dois partidos dos extremos estavam dispostos a fazer uma coligação para formar governo, caso obtivessem o aval de um outro partido mais pequeno, de posição ecológica, que arrecadou sensivelmente 12% dos votos. O grande medo do partido de centro-esquerda era que o partido vencedor, com 35%, quisesse fazer um acordo com o partido de extrema-direita, o que, se seguirmos esta aritmética dos votos, lhes daria legitimidade para formar governo.

O desenrolar desta novela política deixava em aberto novas possibilidades e obrigava a atualizações mais frequentes aos jornais. Foi um período intenso. Acordávamos todos os dias com a seguinte pergunta na ponta dos lábios: já há governo? Essa espera pelo *habemus rectio* era narrada com aquele ímpeto narrativo que domina a conversa entre comadres: quem se casa com quem afinal? Será uma coisa a dois, ou um *ménage*? Como se as mexeriquices da política ou da sociedade fossem produtos provenientes da mesma zona encefálica.

Aconteceu, no entanto, o previsto pelas tépidas sensibilidades: a formação de um governo central, liderado pelo partido de centro-direita, com o partido de centro-esquerda e o partido de posição ecológica.

Tudo indicava que esse viesse a ser *apenas mais um governo*: um grupo de pessoas com salários bons e responsabilidades distintas que se ocupam da gestão de um país. Ainda para mais sendo partidos do centro, tão habituados a acomodar as pessoas com os destinos vigentes.

É certo que não podemos ignorar a conjuntura política internacional, mas é importante não esquecer a centralidade da nossa nação nas grandes decisões mundiais, por ser um país com inúmeros recursos, mão de obra qualificada e níveis elevados de educação, além de um poderoso e bem equipado exército. Note-se, contudo, que me abstenho, por falta de dados e inabilidade própria, de me enredar mais nos detalhes, de fazer uma crítica política *conveniente*. Sei tanto como sabe um náufrago numa jangada sobre as profundezas do oceano; apenas com uma percepção literalmente superficial: a temperatura da água, a cinética das ondas, o desespero impulsionado por um horizonte distante, a observação das espécies marinhas que sobem até aos limites da água. Não conhecer todos os lados de um grande mistério não faz de nós ignorantes, talvez apenas *incapazes*. Como se a inteligência humana fosse apenas um lusco-fusco à beira da escuridão.

As movimentações dos políticos eram feitas em segredo e, apesar dos 41 dias que precisaram para se decidirem, quando o acordo para formar governo foi assinado, começaram as grandes mudanças. O mundo todo estava de olho em nós. Faziam-se previsões na imprensa. Críticos de grande sapiência lançavam faíscas para o palco político. Só que o seu brilho não durou muito tempo.

As principais alterações começaram logo a sentir-se durante a primeira semana do novo executivo, quando os portais dos partidos vencedores deixaram de funcionar e quando, apesar de o primeiro-ministro, o líder do partido de centro-direita, já ter tomado posse, não tinha ainda, no entanto, feito uma declaração ao país, nem apresentado os nomes dos novos ministros. À segunda semana de ausência, saiu finalmente um comunicado. Não me lembro das palavras exatas. A mensagem surgiu em todos os sites de notícias, rádios e televisões. Todos esperavam ver um rosto, a cara do senhor X, ou do senhor Y, mas o comunicado surgira apenas em palavras bem alinhadas num parágrafo em cima de fundo preto, que ditava algo como: "O Governo não é cego porque está em todo o lado". Creio que a mensagem era um pouco mais completa, mas lia-se algo deste tipo. Era uma espécie de máxima profética, que me fez imaginar imediatamente a postura *sage* do assessor que a sugeriu, sentado a um cadeirão de mogno no centro de uma sala digna de um governo. É provável que esta imaginação não se coadunasse com a realidade, não porque essa imagem não pudesse ser verdadeira, mas porque demonstrava que era eu que inventava os acontecimentos a meu favor. Ou porque ainda não era capaz de conceber a ideia de um governo sem rosto.

Começaram então a surgir várias notícias sobre a fuga do governo. Os jornalistas que circundavam o Senado enviaram relatórios para as redações avisando de que não tinham visto mais ninguém entrar no edifício que abrigava o poder. Milhares de cidadãos curiosos assomaram às imediações do Senado, para poderem comprovar o alarme soado na imprensa: "Governo fugiu!". Eu próprio me desloquei para lá.

O que mais me espantou foi a posição da polícia. Era certo que a eles, como seres humanos que também são — mesmo que custe a acreditar — lhes despertava certas interrogações, mas o seu respeito pelo ofício era digno, quase enternecedor. Um dos chefes de secção da polícia teria dito que receberam direções superiores para manter a ordem, mas que não era necessário ocuparem as posições usuais na guarda do edifício. O que era certo é que nem os polícias tinham sido informados de que ninguém se encontrava lá dentro, mas eles, em conformidade para com os procedimentos do Estado, obedeceram às inusitadas ordens, mantendo-se num posto de controlo, que visava apenas impedir a massa popular de fazer qualquer estrago público.

Se nos permitiram mais tarde abrir a porta do Senado à força, foi talvez, possamos dizê-lo, também por força da curiosidade.

Lembro-me ainda hoje com uma grande nitidez do grande vazio do edifício. No entanto, o que assustava nesse vazio não era a ausência dos políticos — como se eles habitassem sempre lá, tal animais num estábulo —, mas a disposição ordenada de todo o mobiliário, a salubridade dos corredores que pareciam acabados de limpar e, de certa forma, a esperança proporcionada por aquele aprumo. Todos nós, populares enfurecidos, ou pelo menos incrédulos, não queríamos acreditar que o nosso governo tinha mesmo fugido. Então, e apesar dos avisos da polícia, alguns cidadãos sentaram-se nas cadeiras, abriram arquivos, deitaram-se por cima das carpetes, outros sorriam de prazer por aquela proximidade com os objetos do poder. E foi no meio dessa azáfama e euforia popular, que se ouviram os primeiros disparos e se deram algumas baixas.

Os dias seguintes passaram-se sob uma grande apreensão. Os ataques policiais no Senado e os corpos que eu vi cair tinham-me marcado e assustado.

Mantive-me em casa durante várias semanas. Foi um tempo de grande nervosismo para todos. Aos poucos fomos caindo na realidade: todos os políticos candidatos às eleições — incluindo os cabeças-de-lista de cada partido — tinham desaparecido. Apenas os novos partidos de extrema esquerda e de extrema direita davam a cara. As suas grandes prerrogativas eram: vamos à guerra. Neste ponto mais pragmático ambos os partidos dos extremos concordavam e, escusado seria dizer, tendo em vista a situação, e até os resultados das eleições, muitos cidadãos apoiavam-nos.

Vários analistas internacionais diziam que o nosso país se aproximava de uma guerra civil. Os dois partidos dos extremos, apoiados por uma força militar, segundo consta financiada pela Organização Internacional, preparavam uma investida contra o governo. A corrida às armas fez nascer a formação de várias milícias, que passaram a lançar ataques contra as forças de defesa do Estado. Ao que tudo indica, os soldados oficiais, mesmo desconhecendo a origem central das ordens, pareciam imbuídos do dever de proteger os organismos públicos.

Nesse ponto, é importante referir às poucas mudanças no sistema do Estado. Lembro-me, por exemplo, quando, depois dessas semanas em casa, saí pela primeira vez à rua e passei à frente de uma repartição pública, creio que do Ministério das Finanças. Entrei, talvez movido por uma fatura por pagar, e sentei-me na sala de espera. Contava ver algumas mudanças, pelo menos os funcionários públicos com rostos confusos por não saberem quem os governava, mas nem um simples sinal de dúvida nos seus semblantes. A bandeira da nação continuava ali, e os funcionários sabiam muito bem o que tinham de fazer. Quando foi a minha vez de ser atendido perguntei à senhora, não escondendo um certo atrevimento — eu, pelo menos, sentia que estava a ser atrevido — de onde é que eles recebiam as ordens se o governo tinha desaparecido.

— No seu caso específico — disse-lhe eu —, seu chefe é o Ministro das Finanças, afinal de onde vêm as decisões?

Ela sorriu e disse que as decisões vinham do superior dela, o funcionário acima na hierarquia. Então pedi-lhe se podia falar com ele. Ela torceu o nariz e disse que não havia necessidade disso. Eu insisti. Depois mandou-me aguardar. Voltei a sentar-me na sala de espera sempre de olho na funcionária que me atendera. Ela lançava-me alguns olhares entrecortados. Creio ter estado mais de três horas à espera. À hora de almoço ela levantou-se e apontou para um homem gordo engravatado que seguia na direção da porta de saída. Levantei-me em sobressalto e já fui apanhá-lo na rua.

— Desculpe! — creio eu ter gritado tocando-lhe no ombro —, gostaria de lhe perguntar uma coisa.

O homem virou-se e olhou-me assustado. Fui direto ao assunto e perguntei-lhe de onde vinham as ordens.

— Do livro, meu caro senhor, as ordens vêm do livro.
— Do livro?
— Sim, do livro, a Constituição. Está tudo lá.
— Mas quem toma as decisões, quem faz as mudanças?
— Não sou político. Limito-me a fazer o meu trabalho. Desculpe, estou com pressa — respondeu virando-me a cara e prosseguindo o seu caminho.

A guerra civil não durou muito tempo. Por essa altura, não só as forças do Estado defendiam com coragem o equilíbrio da nação, como a comunidade internacional parecia ter ficado sem pretextos para apoiar uma revolução liderada pelos partidos da oposição. Eu estava desconfiado que algum acordo secreto tinha sido assinado. Nos jornais, no entanto, falava-se apenas em "diplomacia", "respeito pela soberania popular", "cumprimentos dos acordos internacionais", entre outras expressões comuns, que no fundo mantinham o nosso país alinhado segundo os interesses vigentes. Surgiam, apesar de tudo, questões e dúvidas, e estas eram disparadas pelos comentadores independentes nos meios de comunicação. Apesar de tudo, pediam que os políticos revelassem os seus rostos. Pela mesma altura, os deputados eleitos pelos partidos da oposição exigiam marcar presença no Senado e foi com uma facilidade inusitada que entraram pelo edifício e se sentaram nos seus respetivos lugares. Ficaram, quase poderíamos dizer em tom de ironia, *eternamente* à espera.

Nas semanas seguintes, começou a sair com grande circulação, publicada por uma editora de renome — facto assinalável pelo caráter comercial da publicação —, a Constituição do Estado, que se tornaria em breve um *best-seller*. Os especialistas diziam que novos textos tinham sido adicionados à Constituição original, passando de 308 para 1236 páginas. Só os leigos ou distraídos não tinham reparado nessa enorme adição de texto. Na verdade, os novos textos deixavam claro o que fazer em qualquer situação no que diz respeito à gestão do Estado. Todos os acontecimentos estavam previstos numa catadupa de alíneas. Além disso, uma das respostas ao aparelho de decisão estava finalmente esclarecida: o poder passaria a ser exercido pelos funcionários superiores das repartições.

Fui a correr comprar o livro, que folheei quase com lágrimas nos olhos. De facto, estava bem-feito. As regras eram muito bem explicadas. Mesmo alguns dos críticos do Novo Livro — alcunha pela qual passou a ser chamado e que anos mais tarde foi mesmo adotada para nome do livro — pareciam ter admoestado a sua ira. No entanto, isso não inviabilizou que se perguntasse: afinal quem o escreveu? A editora respondia que tinha recebido ordens oficiais por correio, em carta não registada, e que foram recebendo os manuscritos logo a partir da primeira semana depois do acordo para a formação do governo.

Ao longo dos anos, a edição do Novo Livro foi sendo revista e aumentada, sendo importante ressalvar sobretudo a adição de versos de poeta desconhecido. Eram poemas que enalteciam as leis governamentais e que passaram a ser recitados por comunidades de indivíduos no interregno do trabalho e essencialmente ao fim de semana.

Escusado seria dizer que, com o tempo, fomo-nos acostumando ao novo governo invisível. Houve, contudo, sempre resistência por parte de grupos terroristas, resquícios dos ideais dos partidos de extrema-direita e extrema-esquerda, embora, com o passar dos anos, tivessem perdido o apoio de muitos cidadãos. Tínhamos de viver com o perigo constante de sermos apanhados por uma explosão. Além disso, não era raro neutralizarem pessoas que se opunham ao Estado, cujos agentes executores, não vendo outra solução senão aquela já presente no Novo Livro, atuavam em conformidade para com a lei absoluta. Quase poderíamos falar de uma ira inquestionável, enviada sobre a cabeça dos cidadãos que, apesar de tudo, tinham eleito aquele executivo. Por meu lado, eu mantinha-me neutro. Saía de casa todos os dias com a mesma sensação cansada de um recomeçar inútil, como muitos de nós e, claro, por vezes via-me a refletir sobre todas estas questões.

É preciso fazer aqui um interlúdio para falar dos políticos desaparecidos. Os cabecilhas dos três partidos que fizeram a coligação não tinham sido propriamente afastados dos jornais. Eles os três, os seus rostos e os seus nomes, as suas biografias, recebiam o mesmo apelo jornalístico, como qualquer assunto importante da ordem do dia. Eram como fantasmas que, com o passar do tempo, iam assombrando a opinião pública com as suas virtuais aparições. Na verdade, todos os deputados eleitos dos partidos vencedores mereceram, nem que apenas um simples perfil num jornal de província, algum tipo de cobertura mediática. No entanto, a atenção, como seria de esperar, concentrou-se sobretudo nos três líderes, que como todos os outros deputados, nunca mais foram vistos. Várias especulações invadiam a imprensa. A possibilidade de um golpe de Estado estrangeiro, hipótese que foi perdendo peso, parecia pouco verosímil. Os jornalistas e demais investigadores inclinavam-se para um golpe organizado por eles, cujas consequências temos estado a demonstrar ao longo deste relato, não podiam senão terminar no desaparecimento dos atuantes. Durante muito tempo acreditou-se que tinham mudado de identidade e fugido para um qualquer país dos trópicos. As suas famílias foram entrevistadas e muitas sofreram durante vários anos de perseguição mediática. Além disso, houve alguns membros familiares desses políticos que também haviam desaparecido, possivelmente, acreditava-se, na companhia de seus relativos.

Como se sabe, o tempo não tem só a vocação de fazer esquecer e de motivar a cura das nossas dores. Por vezes, é precisamente o contrário que faz. O tempo envia certas informações, recalcamentos por exemplo, para uma espécie de banco de reserva, e o que faz — como se o tempo fosse um deus separado do grande deus, atuando por si mesmo — é enviar do Passado para o Presente um legado simbólico, que vai ganhando proporções míticas. Não são precisos séculos, como se poderia prever, pois o tempo é mais volátil do que parece. Basta apenas que as pessoas se coloquem ao dispor do mito e que este apele aos seus corações. Eu, que já fui novo e agora me preparo para abraçar o tempo na sua forma eterna, testemunhei essa transformação simbólica. No que diz respeito a esses políticos desaparecidos, mas ao mesmo tempo transformados, como se consumidos no novo governo invisível, tinham sido colocados ao dispor da sociedade como se fossem não apenas salvadores, mártires da mudança política, mas também espíritos para sempre presentes. Nas novas edições revistas do Novo Livro começaram a aparecer, apenas depois de alguns anos, referências aos nomes desses políticos desaparecidos. As referências evocavam-nos, obviamente, pela sua valentia, destreza, coragem e, acima de tudo, *visão*, já que eles tinham sido os escolhidos, de um certo modo arbitrariamente, ou seja, *divinamente*, para a formação do grande governo.

É escusado, para a compreensão deste relato, escrever aqui os seus nomes — por isso é que até aqui me abstive de o fazer —, pois creio que é importante, acima de tudo, nos focarmos nos acontecimentos pelo que eles representaram para mim *ontologicamente*. Peço também pela minha incapacidade de me ter dedicado a uma investigação mais aprofundada e este relato resulta apenas de um testemunho, que depende quase unicamente da minha memória.

Então, voltando ao tempo, este, a par de pequenos movimentos de memória e esquecimento, parece ter transformado o nosso novo governo numa máquina. Os oponentes desapareciam sem que ninguém parecesse preocupar-se como e por que e começou a tornar-se frequente nos meios de comunicação social uma defesa cega do governo. Poderia ser porque não os poderíamos ver, ou porque tivéssemos medo, mas a verdade era esta: a sociedade avançava, o nosso país parecia prosperar sob a alçada dos invisíveis, o respeito pelos valores da nação crescia, as leituras públicas do Novo Livro intensificavam-se e escreviam-se canções sobre medidas governativas. Os chefes de todas as secções dos ministérios alcançavam um respeito considerável e defendiam acirradamente os desígnios do nosso grande governo invisível, e dos seus três pais desaparecidos, esses visionários do Estado. Evidentemente que mais tarde ou mais cedo a palavra *governo* começou a perder o seu significado inicial e passou a ser uma forma de designar essa dimensão invisível acima de nós. *Governo* era apenas esse espírito condutor na vida, que nos garantia a pura satisfação na Terra e a certeza de estarmos a ser salvos de nós mesmos. Muitos certamente pensavam que lhes tinham retirado o peso das decisões e que os desejos intuitivos de poder e de revolta tinham sido, não domados, mas canalizados para esse governo que recebia todas as nossas dores e anseios.

O governo parecia a pouco e pouco ocupar-nos cada vez mais o pensamento. Falava-se dele quando a sensação de impotência numa situação difícil queria ser vencida. Utilizava-se essa palavra como se ela fosse um medicamento e, além disso, o povo sentia-se alado nos píncaros da sorte. Por todo o mundo éramos um fenómeno único. O nosso país continuava a prosperar e a nossa fé no futuro dava-nos garantias de continuar de cabeça erguida. A mim, contudo, os movimentos das grandes massas nunca me atraíram, mas mentiria se dissesse que esses ímpetos não me tivessem seduzido em alguns momentos, embora a minha posição moral soubesse que o caminho para mim seria outro. E foi por isso que primeiro parti para o campo e, mais tarde, saí do país.

Abandonar o meu país deveu-se a uma consequência de uma previsão. Muitos meus conhecidos ou mesmo amigos, a maior parte, convertidos ao amor eterno pelo governo, alcunharam-me de *O cego*, alegando eles que, se eu não amava o governo invisível, era por eu não o conseguir ver, o que não deixava de ser curiosa essa aplicação da palavra, quando nos estamos a referir a algo que realmente não vemos. Um dia cheguei mesmo a defender, durante um jantar, quando ainda vivia na capital, que às tantas o governo nem existia, mas fui imediatamente contrariado, e talvez com razão, por um dos meus amigos mais perspicazes.

"Como podes dizer que não existe, se o país continua na mesma a ser governado?" — eu respondi que o país era governado por chefes de secção dos ministérios. Mas ele insistiu nos acontecimentos que deram origem ao Novo Livro e fez-me recordar que esses acontecimentos eram o mais importante. No entanto, foi talvez a cegueira que me permitiu ver de facto, não a realidade, mas uma realidade possível, aquela que acabou por acontecer ou, de certa maneira, ainda acontece.

Com o tempo fomos nos esquecendo de que já não se convocavam eleições de quatro em quatro anos. A oposição tinha desaparecido. Os ânimos em relação à superioridade do governo ultrapassaram mesmo os ânimos em relação às necessidades do corpo: certos movimentos, principalmente os mais higiénicos, receberam uma atenção *política* especial, por exemplo, a consciência de que cada um de nós era membro do espectro existencial do governo era clara e pedia, por isso, uma contenção redobrada nos atos eróticos. Além disso, o país passou a registar um nível quase nulo de suicídios, pouquíssimos crimes, e, segundo o que era publicado na imprensa, um valor mínimo histórico de cidadãos hospitalizados com doenças mentais. Este último relatório, para mim, que na altura em que saiu já vivia no estrangeiro — no país a partir do qual escrevo —, revelou-se bastante surpreendente. A principal razão foi que, de facto, no país para onde me mudei, os fenómenos políticos que aconteciam na minha pátria eram comparados, sem grandes subtilezas, ao mesmo encanto e diversão que poderá proporcionar uma festa num asilo psiquiátrico.

Aqui, onde me encontro, vai-se afirmando que a fragilidade da nossa nação deve-se, sobretudo, à inadequação global da sua filosofia política. Não havia forma de evitar que víssemos o nosso governo como a causa de todas as coisas, como o grande impulsionador das vontades capazes de levantar as pessoas por uma glória comum, além de oferecer uma nova proposta não para reduzir as injustiças, mas para legitimar as justiças, quase se poderia dizer sem exagerar, do coração.

Foi então que uma tremenda cólera parece ter começado a apoderar-se de todos, como se fosse possível que um espírito de repente entrasse no corpo de cada um. Todos os cidadãos pareciam elevar-se e confluir numa única entidade. O governo invisível mostrava-se finalmente. Todos queriam a expansão do governo, sair pelo mundo fora, levar a mensagem, avançar derrubando tudo, enquanto seguravam com força, elevando-o com orgulho, o Novo Livro.

Quando me mudei para o estrangeiro, pensei realmente que estava longe, mas parecia que se podia ouvir de todos os lados a marcha paciente do povo aproximando-se em fúria. E talvez tudo isto acabe quando essa marcha por fim chegue, esse caminhar pesado em modo de orgulho.

E tudo enfrentemos sem medos, menos o povo enfurecido.

© Editora Nós, 2024
© João Guilhoto, 2024

Direção editorial **SIMONE PAULINO**
Editor **SCHNEIDER CARPEGGIANI**
Editora-assistente **MARIANA CORREIA SANTOS**
Assistente editorial **GABRIEL PAULINO**
Preparação **SCHNEIDER CARPEGGIANI**
Revisão **GABRIEL PAULINO, MARIANA CORREIA SANTOS**
Projeto gráfico **BLOCO GRÁFICO**
Assistentes de design **JULIA FRANÇA, STEPHANIE Y. SHU**
Produção gráfica **MARINA AMBRASAS**
Assistente de vendas **LIGIA CARLA DE OLIVEIRA**
Assistente de marketing **MARIANA AMÂNCIO DE SOUSA**
Assistente administrativa **CAMILA MIRANDA PEREIRA**

Imagem de capa **BRUNO DUNLEY**
Sem título, 2017, 29,7 × 21 cm, lápis conté sobre papel

Todos os direitos desta edição reservados à Editora Nós
Rua Purpurina, 198, cj. 21
Vila Madalena, São Paulo, SP
CEP 05435-030
www.editoranos.com.br

Dados Internacionais de Catalogação na Publicação (CIP)
de acordo com ISBD

G953i
Guilhoto, João
   Os inúteis / João Guilhoto
   São Paulo: Editora Nós, 2024
   80 pp.

ISBN: 978-65-85832-59-5

1. Literatura portuguesa. 2. Ficção. 3. Contos. II. Título.

2024-3208   CDD 869.3   CDU 821.134.3-3

Elaborado por Odilio Hilario Moreira Junior, CRB-8/9949

Índices para catálogo sistemático:
1. Literatura portuguesa 869.3
2. Literatura portuguesa 821.134.3-3

Fonte **LEITURA**
Papel **PÓLEN BOLD** 90 g/m^2